U0016421

斷 不 了

Endless *Love*

李鼎 作品

#心在跳

那天之後，我便很少一運動完就在健身房的淋浴間洗澡。

一方面是教練提醒我，在整個身體接受重量訓練後肌肉正充血最漲的這段時間，應該立刻藉由飲食去攝取身體最需要的蛋白質及碳水化合物，這可以讓充血在極致狀態的肌肉獲得最高與最完整的營養吸收。
並且，要學習跟自己這樣的體溫及肌肉用盡全部力氣時的強烈心跳相處，那是一種發現自己肌肉與心跳強度一起由強變慢的體會。
健身最需要的就是肌肉跟心跳合在一起的體會。

他很在乎我這個「由強變慢」時的體會。
「你要學會感受你的身體與心臟，不然你只是跟我在健『力』，而非健『身』。」
這感受不只是力道，還包括觸摸與被觸摸。

我的教練似乎很早就發現我身體已經缺少被觸摸，甚至去觸摸別人，但他一直忍著不說，他在等待取得我對他完全的信任，才願意說出這個觀察。
「那天」就是他觀察最對的時刻了！

在他眼中，每個人的身體一出現在他面前，就可以憑直覺從對方身體每一寸肌肉的形狀與使用方式看出那個人的個性、甚至猜出他的故事。
我們慣於看對方身體自己喜歡或羨慕的部分，但一個重訓教練或是瑜伽老師，是看你身上每一寸肌肉透露出的訊息。

「鼎哥，你要學會摸你自己。」

那天是我們相處的第 28 天。

「鼎哥，你不覺得有一件事很奇怪，爲什麼課程開始時你跟我訂目標，希望能把你的胸肌練得比現在要大很多，但我一直都很少帶你練胸？」我不太好意思回答教練的問題。

其實重訓課程一開始時，你全身都會先被健身中心以精密的儀器測量自己的體脂肪與身體各部位的肌肉密度，然後制定一張鍛鍊目標與完成計畫。
表單將清楚地載明你與教練約定最想鍛鍊出來的「部位」，當然也詳述了這些部位所期待的完美尺寸與達成時間。

過去三年因爲接觸瑜伽課程，一直在找身體與心靈的平衡，越是寧靜的時候，我總發現自己身體裡好像有一個非常強大的暴力在跟我對抗，那個暴力總在我每次做完瑜伽最後一個「攤屍式」體位法跑出來。

所謂的「攤屍式」，就跟字面的意思是一樣的，要讓身體能像一具屍體平攤在地板上，再也無所畏懼與祈求，只有平躺與和緩的呼吸。
這是每堂課所有體位練習法的最後一個體位，每個學習者最期待的也是這個體位，因爲總算能讓熬過許多想像不到延展經歷的身體，有一個全然的放鬆。

但我第一次就發現這個體位法有一個讓人非常尷尬的地方，就是你如何在這短短的幾分鐘，不會因爲身體的疲累與揮汗後的爽快，在均勻的呼吸、舒適的體溫與一片寧靜中就此睡著？

我三年前第一次上課的時候，就發現身邊一位高齡60幾歲的媽媽，真的就在此刻鼾聲大作，她身旁接近同齡的閨蜜實在忍不住笑出來，那笑聲讓整個教室變得好青春，老師小聲溫柔地告訴大家一句話，讓我全身的毛細孔都急速擴張開來……

「大家不要笑，『攤屍式』就是在練習與自己身體最想要的東西對話，可能，『睡眠』就是她最需要的東西，我們不要嘲笑自己最需要的東西。」

那天的「攤屍式」比過去多了幾分鐘，我在老師的那句話之後，眼睛居然溫熱到滑出了眼淚。
我不知道自己為何流淚？
是為了一個人連到老年，擁有一場放鬆的好眠，都是一種奢侈與嘲笑？
還是說，我真的如老師所說，我嘲笑自己想要的東西，一直活在別人的眼光，委屈了自己也強求了身邊的人？

我很感激那天老師給那場60歲大姊鼾聲大作的睡眠有了一個很溫柔的注解，讓我三年來在瑜伽的練習中，嘗試去發現更多隱藏的自己。
包括「暴力」這件事。

我漸漸發現自己最不擅長的體位法不是彎曲折腰等高難度的動作，而是最簡單的「站姿」與「攤屍式」，我總在這其中無法均勻的呼吸，我感覺身體裡異常地想怒吼或是撞擊，但我常常都在「攤屍式」中，發現眼淚正融化這一切。

我就在這個時期遇見了目前這位私人教練 John。

John 的重訓課程融合「泰國拳擊」，我一聽到拳擊，就決定給自己身體一個紓解暴力的機會。

入會時定的目標，胸肌要從目前的 86 公分增大 4 公分，手臂與腹部肌肉鍛鍊出明顯線條，臀圍必須再增加 4 公分，身體年齡保持小於實際年齡五歲……

「胸肌」尤其是我全身肌肉中最讓我自卑的地方，可能由於天生的貧血，從小到大我常常休克，很多體能的鍛鍊，老師都常會對我放水，我的身體一直像個小男孩一樣清瘦白皙，但也由於這個因素，我個性上最不怕的就是死。

因為自己的身體早已習慣這種瀕臨死亡的瞬間，這習慣讓我知道如何自救，只要讓我找到那如嬰兒蜷縮在母體裡的姿勢，只要在這個蜷縮的姿勢中調整呼吸並跟自己對話，然後等待身體發出一股極大的冰冷，汗水就會從每個毛細孔中冒出來，只要那些如冰的汗水排出，我就能活過來。

那時任何人叫我都沒用，也不能有人搖我或扶我起來，讓我孤單一下，甚至忘記我，讓那個軟弱不被看見，只要給我片刻獨處的自尊，接著我就會重新誕生。

不過這一次的片刻卻是兩年，當「那個人」離開我之後，我覺得自己已經休克了兩年。

很少人知道「那個人」是誰，除了我的貓跟狗。

「鼎哥，你有沒有發現，你最希望長出來的是胸肌，可是我一直都沒帶你練胸，都帶你練背，你知道為什麼嗎？」

「教練，是因為你覺得我的胸沒有肉，不好練，對嗎？」

「不是，你的胸是有肉的，而且你的胸型與肩膀比一般人的比例都大！」

教練用他的手指從我的上胸滑到下胸，然後要我看著鏡子中他在我身體滑過的地方，我發現他滑過的每個地方，都是我從來沒細看過自己的線條，然後那根手指從我的胸大肌滑到了背後的小圓肌，那裡真的是一塊有肉的地方，但我從來沒感受過它居然在兩個手臂往上抬時，肌肉同時帶動自己乳頭產生了一個微笑的弧度，以及所有因為呼吸而有的肌肉變化。

「那為什麼你不帶我練胸？」

「因為你的問題不在胸，而在背。你的背不夠挺，如果我不先把你背的姿勢練到去讓你熟悉該出力的位置，就算你一直苦練胸，也練不出我們想要的胸線跟胸肌。」

他一邊說，一邊用手抓著我的雙手往後，才讓我的雙手在背後變成一個握緊的拳頭時，他的右拳便頂住我後背的肩胛骨，那個拳頭緩慢又用力地深入後背的那個凹陷，這居然讓鏡子前的我，胸部跟著脹挺了起來。

「看到了嗎？這就是你的胸，一旦你的背有力的挺起來，你的胸就出現了！」

接著他又用膝蓋頂住我的臀部。

「而且不能翹屁股，是真的用你的背把你的胸挺起來，不是用腰的力量或屁股的力量！」

其實我根本沒有意識與能力去辨別自己到底是因為腰還是臀部有使出任何力量而讓自己挺胸，所以我當然無法瞭解如何用背部的力量去完

成教練所說的挺胸動作。

照教練的說法，完全是因為身體是一個「騙子」。

「騙子？為何身體是一個騙子？」

「因為你的身體會騙你！當你在練背的機器上練背部的力量與線條，一旦你背部力量不夠的時候，你的腰或你的屁股甚至你的手就會跳出來出力幫你，讓你以為是你的背出力了，但其實你是被你腰跟屁股還有手的力量騙了！身體會挑自己習慣使用的肌肉部位去施力然後保護自己，如果你不懂得去感受你身體每個部位的肌肉，你根本只是在健『力』，而不是在健『身』。」

他頂住我臀部讓膝蓋收回來之後，我的臀部也回到了正常站姿的位置，我這才知道我從來沒有用過自己的「背」去挺胸，而是一直用腰與臀部，難怪我在瑜伽的站姿體位法中一直找不到協調與均勻的呼吸。

「我今天要帶你練一個地方的肌肉，那個肌肉在很多健身的解剖書上，根本不會有人提到，因為大家都比較在乎練表層的肌肉，而不在乎肌肉最深層的地方，你知道我們今天要練的這個肌肉有多小嗎？」

「多小？」

我這才第一次認真看教練的手，那是一雙指甲剪得非常乾淨，手指稍一擺動，就好像有電流從小手臂一起牽動上臂的三角肌。

「那塊肌肉就只有這麼小，然後藏在我們的背裡面。」

他又再一次拉著我的雙手往後握拳，雙肘在他抓住我的雙拳往後之後更使整個背部夾緊，我的胸因為已經擁有這個更往前挺的記憶而持續

向上，這次他還要我抬高下巴，以至於一呼吸，我的胸部起伏變得更加明顯，然後他右手就在這個呼吸中往我肩胛骨最深的地方按下去。
「就是這裡，這裡有一塊非常小的肌肉，叫做『菱形肌』，我們今天要用一整節課練習這裡面最小的肌肉，如果你練到了，你以後就知道把胸部練到挺的這個『軌道』到底在哪邊。」

說完他就帶我到了一台我自己最喜歡的重訓器材上練習，我從來沒想到我私下最常練習的這台器材，居然就是他說一般人練不到「菱形肌」的輔助器材，諷刺的是，平常我用 20 公斤的重鐵做自我訓練，他卻把重鐵的重量調到只剩下 5 公斤那麼輕。
我在他的心中，真的只有那麼一點重量嗎？

「我要打破你對重量的觀念，我很希望帶你練習是練到你對肌肉怎麼使用的感受，這對很多人來說很抽象，但我覺得你就是會懂，所以我今天特別想跟你練習。」
教練今天很怪，我總覺得他今天有一種說不出的不自信，好像過往這樣的練習，沒有在其他人身上成功過。
教練試著做了一遍，但我真的看不出來這跟我平常自己在這器材上做的姿勢有什麼不一樣，但沒想到當我一坐上器材，雙手拉了比平常少於 15 公斤的重鐵升起後，我才知道教練的手指放在我雙肘產生的巨大變化。

原來力量最恐怖的地方居然是在雙肘把拉出的力量放回去的過程。
他手掌帶領著我的雙肘像老鷹展翅一樣越來越盛開，這個盛開使得後背肩胛骨的那兩個闊背肌產生大幅度的滑動，如果沒有他手掌的撫觸，

我的律動只僅僅在我前胸，但他手掌一帶領，我再度用力拉下重鐵時，我的施力點居然真的完全來自那兩片平常不會使用的闊背肌，這兩片闊背肌已經完全如鷹翅一般逆風翹高！

「對！就是這樣，力量完全是用你的闊背肌去跟重鐵互動，然後把重鐵拉上的這個動作做到最深，肩胛骨裡面那個最深最小的肌肉就是『菱形肌』，我們就是要去感受那塊很小的肌肉它收緊跟放鬆時產生的力量。」

他的手掌並沒有使出任何力量在我的手肘上，只是輕觸，溫熱的輕觸，而且一直往後，他希望我所有的力量能一直往後輕觸到他的手掌。

那個輕觸的溫熱，居然使那個 5 公斤的重鐵如 50 公斤的熱氣流衝上我的胸腔、喉結、雙瞳與腦門。

「快到了！跟著呼吸，不要放棄！」

氧氣衝到腦門的那一瞬間，我突然發現自己像是瞬間空掉了一般，所有事物都靜止了，那個傳說中藏在後背的「菱形肌」突然像一個鑽石在那個背脊要從胸膛前浮現，總算等到要見它主人一面的樣子。

「好，放，再一個呼吸！千萬還是要讓雙手的手肘打開，用背裡面的那個力量把重鐵慢慢放回去……」

教練的鼻息溫暖地在我的頸部與肩胛，我們倆再一次讓整個背部的闊背肌往後施力，當兩側的大闊背肌開始用力越夾越緊，深入那個沒人在乎的地帶時，我的雙肘幾乎已經整個頂住他發熱的手掌心，此時背脊裡更深的那個肌肉已經不再像一顆有棱有角的鑽石，而像是從教練手掌心傳出一團灼熱的火球直直衝向我的心臟。

「我沒出力幫你喔，你看，全是你自己做到的喔！是靠你自己喔！我

等等放手囉，你繼續再用力喔！」

我不知道他的掌心有沒有真的離開我，因為我已經對生命中任何的離開幾乎失去知覺與感受，但他說放手的那一刻，我卻真的因為感受到那顆從背後要蹦出前胸的火球而面目猙獰，我真的有一種難以言喻的暴力想爆炸那顆燃燒的火球，但我居然發生了跟在做瑜伽「攤屍式」時一樣的反應，那個爆炸的瞬間，我淚流了。
我的眼淚順著眼角汨汨的流出，臉部所有的猙獰，化成了一聲怒吼，我不是在罵誰，但我完完全全感受到他說的那塊很小很小的「菱形肌」，像是啟動我某個壓抑已久等待跳高的彈簧，終於發揮了彈性，但為什麼彈回來的全是我過往所有想忘記的回憶，像是一場場久別不再奢望重逢的心願，又燃起了燃點，一閃一閃的漂浮在我的眼前。
我趕快把自己期待久別重逢的眼淚擦掉不讓教練看到。

那天課程結束，照例他會對今天我們練習的動作，做一個檢討，但我一直覺得他那天不是在檢討我的動作，而是檢討他自己。
「那塊肌肉真的很小，很深層，也不是一個一鍛鍊就會看見成效的肌肉，所以大家都不會要求自己練得那麼深，但這塊肌肉卻連接了心臟，這塊肌肉掌握了、練強了，心臟也跟著會強。大家練重訓都只想在重量上挑戰自己，而不是練心。鼎哥，我覺得你知道重訓不是頭腦簡單四肢發達的東西，所以我相信我帶你練，你會知道我在堅持什麼！」

回到了淋浴間，我才意識到我剛剛完全沒辦法回答教練任何問題，那是我頭一次這麼冷漠。
當水柱一往我的背脊沖下，正撞擊著我那塊今天才發現卻已經跟著我

四十幾年的小小「菱形肌」，我討厭自己剛剛的冷漠，但我又不能開口多說什麼，因為我沒辦法誠實的說，其實我的心真的需要鍛鍊，我需要鍛鍊久別重逢的勇氣，更需要鍛鍊自以為能說斷就斷，最後不過居然是一場委屈彼此的人生。

回家之後，我立刻在網上搜尋所有關於「菱形肌」的知識，我甚至想知道它解剖出人體後的形狀，沒想到，我居然發現我從小就知道這兩個字，那兩個字很美，美得有一種讓一切事物融化而且蒼茫的畫面感，那兩個字常用在一句成語當中，叫做「病入膏肓」。
沒錯，「菱形肌」就是「病入膏肓」的「膏肓」。

如果一場病，已經嚴重到侵入到「膏肓」這個地方，那就任誰都救不了，死路一條。
以前以為「膏肓」是一個「感覺」，但它其實真的是一塊叫做「菱形肌」的肌肉。
這個肌肉是可以鍛鍊的，一旦它鍛鍊的密度越強壯，心就會跟著強壯。

真正懂得身體的人都知道，很多事情是瞞不過身體的，那些嘴巴上說忘就忘，或說走就走不願再留的記憶，身體是會記住的。身體的每一寸肌肉，都會為了保護你而反應，就像有人對你出拳，你會擋，跌倒了你的雙肘會本能地保護你，然後你會站起來，那全是我們「表層肌肉」的反應與對你的回饋。但「深層肌肉」會幫你藏住你的委屈、你的榮耀與你的哀傷，它們也跟「表層肌肉」一樣，需要你的鍛鍊、你的保養，以及讓它們有為你回饋出一份力量。
因為「菱形肌」不願意在你生命中只是一種感覺。

聽說「膏肓」在台語的發音，也是同樣的漢字，很多按摩的人都知道這兩個字，他們常常在一開始按摩的時候，就會先碰觸那個「膏肓」的位置，因為那塊肌肉藏了這個人所有的祕密，只要揉順了那塊「膏肓」，整個心就開朗了。

我因為發現「病入膏肓」這四個字的用法，開心地想跟我的教練分享這一切，我想讓他知道他所堅持鍛鍊的不是表面，而是每個人最脆弱，卻也最強大的地方。

後來我才知道，那天其實就是我跟他最後一次碰面。

以前我恨不告而別，後來自己也做了不告而別的事，那些你真想切斷的，其實生命到了一個時候，你知道其實一點都斷不了，只是藏在身體裡，像那一塊「膏肓」。

我常在寂寞的時候去健身房練「膏肓」，或許因為知道這是一個不被人注意到的「深層肌肉」，所以與這塊肌肉練習的時候，特別有種親密感，當然也就不會為了過程中只有用一點點重鐵，而在健身房裡感到自卑，因為我知道我自己在做什麼，也知道這塊肌肉將會越來越強大。
我也一直記得他跟我說，不要立刻在運動後沖涼，那是學習跟自己在這樣的體溫及肌肉力氣全部用盡時的強烈心跳共同相處，那是一種發現自己肌肉與心跳強度捆綁在一起又釋放的體會。

當然，我也開始重新面對那些不告而別，鍛鍊自己。

這也就是我們現在在這裡相遇，心在跳的原因。

＃確定想愛

我想，是不是我的生命「最近」
要做一個了斷？

聽說，人在生命快結束的前幾天，
會有一種想把這輩子所有的祕密找個人全部說出來的衝動。

我很清楚記得當時是台北清晨四點、京都凌晨三點的時間，我的人生
正處於一種「每天比鬧鐘還早醒來」的尷尬。
迷濛中打開充飽電力的手機，居然看見陳敬就在線上，我隨便亂說了
一句：「去京都找你好不好？」
不到一秒，他有了輸入的動作。
「我明天回台灣。要不要，一起去墾丁？」

就這樣，我跟陳敬有了這一生中第八次的相處。
距離我們的第七次，轉眼三年。

該怎麼描繪陳敬這個人？

他是一個當年認識不到三個月，年齡小我十歲，每次見面都無比深刻的網友。

當年陳敬的臉書上有一張他半裸的照片，那照片可以清楚的看到他腰際人魚線的地方，有一道蜿蜒的刺青沿著他的腹肌與人魚線到胸腔後方的脊椎，刺青是用羅馬字體寫的一段文字，聽說那段文字跟「重生」有關，由於字體的弧度跟他身體肌肉的弧度配合得太過性感，除了很多女生按讚之外，也吸引很多男孩子留下「求交往」的文字。

後來陳敬把那張圖刪了，因為他跟了一個比他大五歲的同公司女主管交往。

這個大他五歲的女主管後來為他自殺，女主管自殺獲救後，陳敬卻沒跟她在一起，來了京都。

我不知道過去那些所有跟陳敬交往過的女孩怎麼想，但陳敬對我來說就像黑夜，因為從開始認識，每一次深刻的記憶都在晚上。

三年前的第七次，是深夜一通喘息不已嚅著淚又不願見面的電話。

「我現在好痛苦，因為要搬家了！」

「怎麼了？要幫忙嗎？」

「確定要分了！你不用來幫我，其實，原來我能帶走的東西只有一個垃圾袋那麼少，可是，這些全都是跟她這兩年所有的回憶，心好痛。」

那通電話後，陳敬就消失了，再出現的時候是在臉書上，他暗示我已經跟另一個女孩去了京都。

那個女孩叫小酒窩，小酒窩小他五歲，就一直跟他跟到現在。

回頭來說跟陳敬這第八次碰面在墾丁的旅行。

跟陳敬一起去墾丁旅行的那三天，他跟我都跟彼此招了過去感情裡的祕密，以及，我們倆居然一起用了那三天，去了過去跟舊情人在南台灣曾約會過的每一個地方。

第一天晚上，我們倆開車找吃晚餐的地方，沒想到就從墾丁繞過屏東，在山路中，一場超大的雨讓所有的視線模糊，車速只維持在 10 公里左右，那場看不見前方只能依靠衛星導航帶領的大雨，讓我們倆不斷找話聊天分散對天氣、路況與體能的恐懼，沒想到卻自然而然的把這兩年所有在感情中的恐懼都互相招了。

我們很想參考對方的經驗，也想在彼此身上找答案。

在雨中的車上，他告訴我，他昨晚瞞著京都的小酒窩，跑去見了以前叫他搬走而且最後還為他自殺的那個女主管。

女主管現在很幸福，已經嫁給了一個工作很穩定的人。

我不好意思問他昨晚跟這個前女友聊什麼，也不好意思那麼快追問這場與舊情人再重逢的動機。可能，我已經來到了一種知道任何一段故事總會如此的結束的歷練，反而，那些一開始互相吸引的初戀感，是我現在認為最珍貴的東西，我正等著時機，想對那場相愛的初衷發問。

那團大雨的雲就這樣跟著我們車子一直開到東港的一家背包客民宿，雨就在停車那時一起停了下來。

民宿只剩一間擁有三張上下鋪床位的房間，平常會睡到六個背包客的房間，在那晚只有我們兩個入住。

今晚東港這個民宿的名字很有賣點，常是破億票房愛情故事中觀眾最期盼等到主角說出的倒數第二句台詞，這句台詞有兩個字常常讓人窒息：「留下」。

我們躺在「留下民宿」房間內各自的床上，我的喉嚨下意識發出一句話：
「那你們倆，是怎麼相愛的？」
「怎麼開始相愛的……我忘記了，但我記得當初我為什麼那麼確定想愛她。
「為什麼？」
「因為那天我們倆躺在她的床上，不知道為什麼有點尷尬，床像現在這樣很小，雖然房間的燈全關了，可是外面的路燈很亮，可以看得到她身體背向我的線條，然後窗外突然下起大雨……」
「啊？下大雨！然後有漏水嗎？雨有飄進來嗎？」
「你很好笑耶你？一定要那麼戲劇化嗎？」

我想人生的每個關鍵，一定有個刻骨銘心的遭遇，如果說現在大雨飄進來，讓屋內的什麼東西淋溼了，兩人為了擦乾什麼而互相幫忙，一定可以訂情吧！

「不是啦！是她說，她最喜歡聽雨聲了！聽到雨聲就表示她自己現在是正在屋裡面，如果在下雨時，在屋子裡聽到雨聲，就表示現在有一種被保護的安全感！」
聽到「安全感」這三個字，他把身體轉向正面，聽說當人的身體很坦蕩蕩的躺著的時候，就是願意說實話也是最放鬆自在的時候。
「我那時候只感覺到很好笑！」
「為什麼好笑？」
「因為我的呼吸很急促，那個呼吸的頻率一直吹著她後面脖子上的頭髮，我覺得實在不能再吹她的頭髮，太搞笑了！而且那個頭髮會搔得我的鼻子很癢，唯一的作法就是抱住她。」

「你是因爲怕自己很想笑然後從後面抱住她?」

「對!然後雨就跟著越下越大聲!」

「這雨也太戲劇化了吧!」我大笑著說。

「我就問她說:『這就是安全感的聲音嗎?』她就笑了!原來人在笑的時候背會像橋一樣彎,然後她就完全彎在我的懷裡!」

這就是他確定想愛她的那一刻,因爲一起聽到安全感的聲音。即便那個女孩大他五歲,還是同部門的主管,他們就是在一起了!

這愛也算是有始有終,他們倆因爲安全感而開始,也因爲越來越沒有安全感而結束。

這些沒安全感的關鍵字有很多:

＃老少配 ＃職場戀 ＃小鮮肉 ＃已讀不回 ＃網路交友軟體 ＃劈腿。

本來以爲這三天的墾丁之旅跟陳敬交換了那些感情的祕密後,我自己在愛情的壓抑可以有了出口,但沒想到當他一回到京都,我就用了兩秒的念頭,決定展開一場京都的旅行。

可能我很想確定,安全感對現在的我來說,到底是什麼?

如果說在每一次上飛機之前,你會跟「那個人」說:我上飛機了!

我會覺得「那個人」應該就是現在讓你最有安全感,或是你願意把安全感給予的人。

但這一次出發,我卻一個都沒有。

更誠實的說,其實不是沒有,只是爲什麼我就是不願意在 What's App 跟「那個人」發出「我去京都旅行」這六個字。

#在一起

出發之前，有一個關於京都的傳說，
是陳敬告訴我的：

日本是全世界交通密度最高也最發達的國家，
但所有想去京都的人都知道，
要抵達京都，心裡絕對不可想著：

「我一定可以有很快的辦法到達這裡」的念頭，

因為京都就是要你從一開始遇見他，
就要改變你原來世界的節奏，
只要改變你的節奏，
就可以改變你的看法，
還有你的心。

當心的節奏一樣了，你，就會跟他在一起了！

#這才是重點

「小都音」民宿的這一區，
在公車站牌上的名字叫做「崛川丸太町」。

有一條叫做「崛川」的小溪流，就在巷子外，
流水潺潺，像那晚在東港聽到的雨聲一樣。
這一區沒讓我失望，原來只要繞到另一條巷
子，就發現到巷口有一家從早上六點就開始營
業的咖啡館，名字叫做「珈琲の木」。在已經
打烊的咖啡館玻璃窗中，有好多懷舊款式的咖
啡機跟多樣的早餐介紹，店門口還停了一輛復
古摩托車。

小巷入夜後很安靜，像一個燈還沒亮的片場，
只要燈一亮，那些蕩氣回腸的戲碼就會開演。
歷史上的大將軍川端康成入住的「二条城」距
離這裡只有兩個紅綠燈的距離，而「京都府
廳」與「京都御所」就在「崛川丸太町」站牌
的旁邊。
這條巷子在百年前，很可能就是達官顯要出
沒、軍隊長征與停駐的起點與終點，多少屬於
京都命運的祕密與悲歡離合，應該都在這些巷
子走過吧！
走回崛川，偶爾有一些腳踏車從身邊經過，然
後又消失在黑幕中，或許陳敬也會像這樣的京
都人，從遠遠的路燈下，趕來碰面。

我終於把我的 what's app 打開，點開了「那個人」的對話框，看看最後上線的時間，沒想到那時間正好是我剛抵達「小都音」的時間。

我討厭自己現在竟然也被通訊軟體中對方的「最後上線時間」這幾個字給綑綁住，但此刻我知道我最想等的人一直就不是陳敬，而是「那個人」的一句話：

你怎麼去京都了？

陳敬這時騎著腳踏車在巷口出現，我們散步在堀川丸太町的街上，突然覺得說中文是一件很過癮的事，因為不怕旁人聽得懂，而發表自己平常會忌諱的話。

「那個人今天有跟你聯絡嗎？」

我沉默。

「這才是重點，不是嗎？」

我還是沉默。

「如果你來京都，你今天 po 在臉書的每一張圖片，我就算今天一整天沒跟你碰面，都會知道你在幹嘛，並且無論如何約出來跟你吃飯，所以那個人不可能不知道你什麼都沒說就來京都了？」

「我來京都的目的不是只為了這個。」

陳敬看了我的手機。

「你看一下那個人今天有沒有上線？」

「你也會注意這個？」

「看啊！看看就知道你們倆個誰愛忍、誰愛面子？」

我打開 What's App，訊息顯示：

在線上。

「太有緣了吧！你快出聲啊？」陳敬叫我趕快發話，我心裡緊張得要死，就在想是否要發出一個表情的時候，那個人下線了。

「你太沒用了！等等十分鐘再看，如果那個人就這樣沒上線，剛剛一定就是因為看到你上線了，然後被你發自己現在正守著你，就跑了！」

「這只是巧合！」

陳敬看我說完這話，就沒再激我，在感情上半斤八兩的兩個人，也只能靠刺激對方，證實一點自己還有的勇氣。

我來京都其實還有一個目的，我以為自己已經不會在意所有分手的原因，但聽過陳敬回憶他相愛的初衷，我居然有一種「何以不能再挽回」的疑問，而且，陳敬在那時秀出他手機裡當年跟前女友分手時的最後一通簡訊給我看，那是那個女生在陳敬搬走後，用近乎哀求的文字希望陳敬回頭。

其中有兩句我一看之後，就請陳敬把手機收回去。

我覺得再看下去是一種殘忍。

那兩句意思大概是這樣：

「我已經用了所有的辦法，希望能夠討好你，但我完全抓不到你的心，像失去了生命！」

「只想做好一個值得讓人愛的人，為什麼這麼難？」

「為什麼要把這封簡訊一直留在手機裡？」

「因為我要提醒我自己曾經這樣愛過，不要再傷害下一個人！」

「我不懂，這封簡訊連我看得都快要心碎了！」

「你亂說吧？」

「而且我完全可以了解她對於你想重新做的一切，爲什麼你不能給她一個機會？」
「你認眞了？」
「而且你現在給我看這封簡訊，不是更顯得她的難堪？」
我這樣說完才讓我跟陳敬陷入一種難堪。
「她沒愛過我，她難過只是因爲她的驕傲，她挫敗是因爲她的驕傲！」

我們那天在東港的「東隆宮」神明前終止了那個話題，因爲關於一切都是來自「你的驕傲」這句話，「那個人」同樣對我說過。
好在這件事沒成爲我跟陳敬的間隙，因爲我也交出了自己過去對於愛情的恐懼，而且他還要我非跟神明再爲感情求一次籤，沒想到一抽就是一支上上籤，我們倆都爲了這個高興得要命。

但我很想從陳敬的價值觀確認一件事：
「只想做好一個值得讓人愛的人」是不是這樣愛一個人的方式，對陳敬這樣年齡的人來說，都只是出自一種自我感覺良好的驕傲？
「只想做好一個值得讓人愛的人，沒有互動，那是沒有用的，對嗎？」
我問陳敬。
「十分鐘到了！你快打開手機，快！如果那個人沒再上線，剛剛一定是在觀察你！」原來陳敬比我還在乎對方上線的紀錄。

我沒當他的面打開手機，因爲像是爲了自己的自尊與吸引力，出賣了我一直好好愛的人。
京都的秋夜很冷，我們進了超市，我還是偷偷的看了一下，「那個人」最後上線的時間，眞的是留在那十分鐘前。

的栗子牛奶咖啡和來自鹿兒島縣直送的蒜蓉醬油膏配「小都音」民宿對面那家傳統豆腐店買的豆腐。陳敬選了季節水果還有一瓶黑糖口味的梅酒。

那晚消費的收據成為我京都日記的第一個部分，有些話好像不用多說，一張消費收據的內容與日期時間，自然而然會勾出一切。

轉進巷子裡，陳敬的車輪嘎拉嘎拉地配合著我們散步時的呼吸響著。

「你真的那麼確定她是因為驕傲才愛你嗎？」到了「小都音」的門口，我還是問了。

「她剛跟我戀愛的時候，一直活在她前男友離開她的傷心裡面，前男友很優秀，我跟他差很多，我想我在她那段生活中，一直是彌補那個失去的感覺，而且她很沒有安全感，臉書裡面每一個留言的人、按讚的朋友，她都想要知道我跟他們的關係，我覺得她愛的不是我，只是愛我跟她在一起的那一段『關係』，她最害怕的是『失去關係』，但不是失去『我』！」

我來京都就是想看陳敬回答我這個答案時的表情，但說真的，那是一個根本無法用言語形容的臉，那張臉甚至讓我忘記了那晚上在超市買的東西吃起來是什麼滋味，唯一讓我有知覺的是，我們各自不時緊握著手中那杯溫熱的黑糖梅酒，什麼話都沒說。

近藤牛乳店

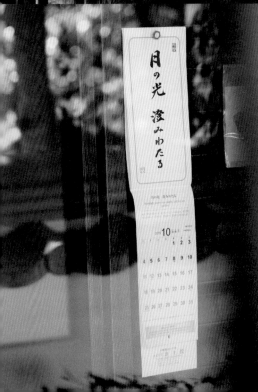

月の光　澄みわたる

10

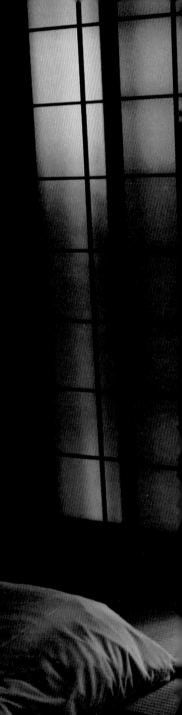

#在金閣寺遇見那個人

有一種「陌生」特別的酸。
就是醒來的第一秒鐘，發現自己熟悉擺動身
體的方式，已經摸不到你熟悉的東西，或
這張床回應你身體的彈性已經完全不一樣。

我在京都的第一個早晨，因爲鼻子感覺乾
冷而醒來，接著身體在被窩裡的擺動，感
受到那個陌生的酸。

你的身體讓你想到「那個人」。

既然現在所處的世界已經都不一樣了，我也
不必再用「那個人」的代號遮掩這段感情，
對吧！

那個人叫做瑛。

瑛有雙會笑的眼睛，那雙眼睛讓我想練習跟瑛擁有一種永遠相互映照的願望。

「你剛心裡想的那個願望千萬別跟別人說出來。」
「為什麼？」
「說出來就不會實現了！」
「不會啊！就是因為有講出來，才會把它當成目標去拚啊！」

瑛無辜的看著我，似乎更怕我的願望不能實現。
「越多人知道你的願望，就會越多人看你有沒有成，真正會祝福你的人也會為你祈福啊，而且就算最後沒成，一定離願望也不會多遠啊！」
「你聽我一次嘛！」
瑛這麼一說，換我無辜的看著瑛。

我已經坐在前往「金閣寺」的公車上，瑛以前跟我說的話又闖進來我的耳朵，像車窗外灑進來的陽光一閃一閃的，很暖但好刺眼。

其實瑛並不是一個沒有願望跟夢的人，我第一次跟瑛回鄉，到瑛從小住的房間，那是一個整間都漆成深藍色的小閣樓，當我們倆一進房間之後，瑛就把燈關了！

「天啊！怎麼會這樣？太妙了！」
我在瑛黑暗的房間發出驚呼，因為房間裡從牆壁到天花板全是發亮的小星星，那是一顆顆用螢光色做成的星星貼紙，瑛把它們貼在房間的

天花板與牆壁上，那使整個空間形成了一種很特別的透視，像穿透了牆到了無垠的宇宙星辰，外面的月光灑進來讓每個螢光貼紙閃閃發亮，我們倆在那個關燈的瞬間，身體像是失重一般立刻漂浮在星空中，我才想抱住瑛，但瑛淘氣地打開閣樓的窗戶。

閣樓的窗戶外面會看到一座媽祖廟，廟的後面有一片月光照耀的海洋。

「你有沒有發現，台灣所有的媽祖廟的媽祖都是看海的，就只有我們家旁邊的這個媽祖廟不是。」
瑛說得果然沒錯，這間廟的屋頂居然還有一座巨大的媽祖神像，衪正背對著月光海洋看著這個靠海的小鎮，看著這開著窗的我跟瑛。

「那是因為我們這個小鎮的人不希望媽祖一直看著海，希望媽祖看著我們鎮上每一個人的『家』，保護每個人的家，因為『家才是最重要的』！家安全了，在海上的人才會放心，在外闖的人只要能夠對自己的家放心，就會安心的在外面闖，再怎麼累都不怕將來沒有一個安全的家可以回。很好玩對不對？」

我因為「家才是最重要的」這句話，開始跟瑛交往。但是每次回到瑛的房間，我都會把窗戶關上，好讓媽祖沒看到我跟瑛的甜蜜。
瑛從小就在這不看海卻看著家的媽祖廟旁長大，到台北工作之前，瑛是這個小鎮上最會剪頭髮與最會幫新娘化妝的人。瑛從開始剪頭髮到現在，已經洗過女人、男人、小孩、老人……至少上千人的頭，瑛不敢說了解每個來剪頭髮的人，但非常了解每個人頭髮的軟硬度以及那來自頭頂上跟其個性有關的髮流。

「每個人的頭髮不會騙人，頭髮的軟硬度、髮流跟乾燥程度會透露出那個人的個性與他現在的心情！」
「那看看我的頭，告訴我，我是什麼？」

我把頭放在瑛的懷裡，瑛的手指很仔細地爬上我的頭。雖然那是我身體的一部分，卻是我自己都不明白的區域，瑛的手指觸碰在頭皮上的力道像一種讓人安靜下來的魔力，順著瑛的手指讓我知道自己頭髮生出來的源頭在哪裡，然後，順著髮根按下來，讓我知道我的頭髮它自己想向這個世界冒出的方向是哪裡。

「我的個性好嗎？」
「這是一種體會，不可以說出來！」

我好好奇瑛這種放在心裡面的體會。
這個世界上知道最多祕密，除了神明與神父，應該就是幫人剪頭髮的髮型設計師吧！
小鎮上的每個客人，都抱著想從此改變自己的心情來到瑛的面前，或是期待瑛可以給他們一個讓人更喜歡的新樣子。
每個人都會不自主的在改變髮型或是爲何這麼想一直維持這個髮型的想法中，跟瑛說出他們的祕密與願望，甚至問瑛的看法，但瑛都只是聽。

「只要一直聽下去，那個被剪頭髮的人，好像自己就會說出他要的答案！」
瑛只要在最後給這個答案支持，那個人就會得著力量。

瑛雖然知道所有人的祕密，可是那些祕密不見得每一個都光明正大，更有可能是正在越軌的約會或對某個人的討厭與忍耐。

就像我跟瑛也有祕密。

我是在跟瑛交往後，才知道我是這段感情的第三者。

原來，做一個感情的第三者並沒有那麼難，只要知道自己是個祕密，是個最終期待能永遠在一起的願望，就會被呵護。

而且照瑛的說法，只要不說出來，這個永遠在一起的願望，最後一定會實現。

公車再一站就要到「金閣寺」了，我怎麼會在往金閣寺的路上，想起我跟瑛的祕密？

金閣寺雖然是京都最知名的景點，但卻並不是這班公車的總站，就像我跟瑛的愛情，是路途上最深刻、擁有記憶最多、想永遠被生命記住的一站，但不得不承認，這終究只是個終站前，一個知名過站的停靠。

「車子開慢點，再給我五分鐘讓我想瑛吧！」

我心裡這麼想著，因為下一站是金閣，公車上可以聽見載滿說中文、英語還有廣東話、韓國話的旅行者，他們都成雙成對的討論抵達金閣寺後要做什麼、買什麼及等等一定要拍到什麼，他們幾乎都跟我一樣，將是這一生中第一次看見這座充滿傳奇的金色宮殿。

誰都想在這一生中第一次的經驗有個難忘又美好的記憶，我完全可以理解這個浮躁與喜悅，因為這跟我與瑛的感情一模一樣，我從來沒想

過如果願望放在彼此手中不說出來細細體會有這麼溫暖，還有能被媽祖一直望著，最後一定會擁有一個被菩薩祝福的家，是如此地叫人著迷，雖然我現在是第三者……

可是如果只剩五分鐘想瑛，我到底想記住瑛什麼？
笑容吧！一種捉弄我的笑容，一種看到我原來是這麼笨，原來這麼愛著瑛的表情。

那一次，我們倆躺在那個都是星星的房間的那張單人床上，突然我的手機在半夜 12:00 響起一個簡訊的聲音，我不好意思的越過瑛的身體想看誰這麼晚還發這麼急促的簡訊，沒想到當我一看到畫面，就是身邊的瑛發給我的四個字：「生日快樂」，然後我看著瑛，瑛笑的好開心，然後硬把我的身體轉過去，緊緊地抱著我，然後我們睡覺。

那是那年生日第一個祝福，但我們卻在 20 小時後分手。

「金閣寺到了！」
五分鐘比我想像的快·跟著一群人轟地一聲下車，那班公車像是清空一般開走。

眼看金閣寺就要出現在我面前，我想著我印象中的金閣寺，是來自大學時閱讀三島由紀夫的創作。
三島由紀夫本身就是一個傳奇，他對肉身永恆的執著、對愛欲的擁有、毀滅與偏執，總讓你想見這人一面。

當我一步步越來越靠近金閣寺時，我懷疑自己對於三島由紀夫身上那份對「永遠」的執著，是不是就是我對瑛的感情。

這個疑問一升起，就親眼見到金閣寺了。
我注意到我的呼吸，跟映照的那潭水面一樣，稍有動靜，就起漣漪。
我特別望去三島由紀夫曾描述到這隻屋頂上的金鳳凰：

「其他的鳥都飛翔於空間之中，唯獨這隻金鳳凰展開璀璨的翅膀，永遠飛翔於時間之中。」

「永遠」這兩個字，是我現在最想追尋的東西，還是我怕，以後就永遠是這樣子了？

我努力地想三島由紀夫筆下的《金閣寺》的男主角，那個叫做溝口的男孩，是一個患有先天性口吃、長相極為醜陋的男孩，可是他對於美的追尋，從來沒停止過。
就像他愛上金閣寺的美，這個美讓他無所畏懼剃度出家，進入了金閣寺。
但當第二次世界大戰結束，日本戰敗，在金閣寺的溝口卻陷入深深的不安與悲哀。
那個悲哀來自於溝口當時內心的獨白：「這美麗的東西不久即成灰燼，那麼，真實的金閣寺便和我幻想中的金閣一模一樣了。」

一輩子追尋美的溝口，最後為了擺脫美的觀念和美帶給他一生的羈絆，決心縱火焚燒金閣寺，然後，一起死。

可是沒想到，溝口焚燬金閣後逃離現場，掏出口袋裡的小刀和安眠藥，扔到谷底。

他點燃一支香菸，邊抽邊想：「還是活下去吧！」

故事在那邊結束。

現實生活的金閣寺也是被廟宇中的僧侶所燒，但這世上卻鮮少人在乎重建金閣寺的人重建的心理過程。

那份對金閣寺的愛變成了毀滅，因為毀滅才能讓愛在這個當下永遠的被記著。

我毀滅過瑛嗎？

我雖是瑛感情的第三者，但瑛居然還同時是那個男的第三者。

當我知道後，完全無法理解瑛為何不能趕快放棄那段感情，而跟我成立家庭？

「三年的感情不是說斷就能斷，而且他也曾為了我要跟對方解除十年有過的患難，但我不忍心！」

瑛的愛讓我分不清是無知還是消耗？

瑛答應我一定會跟那個男的分手，但那個男的完全不願意，多少次在夜裡發出對瑛求救的簡訊，我看身邊的瑛雖然已讀不回，但我內心的妒忌已經讓自己想找一萬個不愛瑛的理由離開。

可我看著窗戶外媽祖看著我倆的樣子，又讓我想嘗試讓自己能像神明一樣，看懂、看開、看未來，用愛包容，讓一個家能夠建立在我們身上。

生日那天，我因為瑛住所的管理員跟瑛的對話，發現到了一個祕密，就是瑛自己在台北所住的公寓，其實是那個男人名下的房子。

「我跟他沒什麼！而且我都有付房租，他是朋友了！我對你的愛從來都沒有變過，但我對不起你，讓你覺得丟臉，可是我怕我們每天住在一起，你對我會沒有新鮮感，兩人沒有安全距離到最後一定會分手的！」

瑛一邊哭著說，然後跟我下跪，我看見瑛跪下的時候，整個人都慌了，因為瑛用自己的頭敲打地面，我受不了那個強烈，可是阻止不了眼前發生的一切。

而我依稀記得瑛曾告訴我，一個人的頭髮是藏不住那個人的個性和他的心，但我卻看到瑛的頭在地上敲著，頭髮遮住瑛美麗的臉，血汩汩的白頭髮的髮流流下來。

生日的那天，成為我跟瑛的最後一天。明明 20 小時前，我收到第一個生日快樂，是來自瑛。

回憶像烈火一樣燒在我的臉頰與胸口，而我就這樣看到此生第一眼的金閣寺。

我想起陳敬跟我說過京都人對於觀光客非要去金閣寺的朝聖的看法，因為金閣寺並不是京都最古老的建築，甚至還是被火燒過、重新再蓋的現代建築，實在不懂大家為什麼這麼瘋狂。但我也同時好奇，那僧人焚燒寺廟與神像的諷刺，造成這種連神明都救不了自己的遺憾，京都人費盡全力把它復原，然後重新呈現給世人，到底是要見證什麼？

是真金終究不怕火煉嗎？

還是生命終究是要有一場絕對？

如果三島由紀夫因為在這裡構思出讓他成為經典的《金閣寺》，我能否就在這裡，僅僅靠這一次駐足或一片誠心，就能堅強我自己一點點將來能再為誰付出永遠的勇氣？

但我望著金閣寺的那潭水入迷了！

樹林後面傳來男孩的叫聲，那一聽就知道是從年輕的身體裡喊出的高興，我趕緊順著樹林的聲音找，想知道笑聲是誰？那裡到底是什麼地方？

＃毀滅與重生

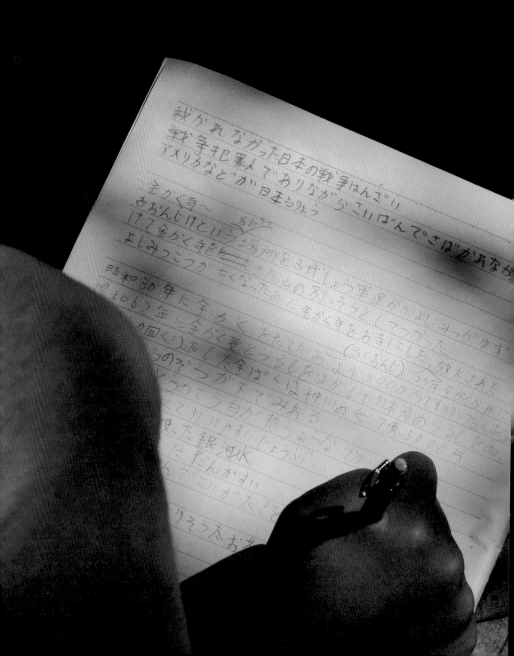

一群穿著白襯衫打著領帶的中學男孩，在陽光下
投擲錢幣，看看誰能投進願望的石碗中。

願望一旦變成一種公開較勁的比賽，好像就算失
敗了，也因為過程一直有被大家打氣加油，有一
種沒關係再來一次的瀟灑。

另一旁還有一群小學畢業旅行的孩子們，很認真
的在記錄老師要他們曉得的歷史，這是我第一次
如此想知道老師會跟小學六年級的孩子們說什
麼，當我身在他們之中，試圖看那些專心記錄的
筆記，金閣寺曾有的毀滅與重生，完全不是老師
逃避的內容，而孩子們的眼神，更讓你覺得他們
同樣想探索這世界更多的可能，你突然覺得自己
跟他們是一份子，「迷茫」不是青春的專利，是
人生中要踏到下一個階段的必程，是一場即將要
畢業的旅行。

「毀滅與重生」一直就是一門功課？
而你終於經歷了，那你會是一座「金閣寺」嗎？

我現在也好想有一個老師，可以給我上一堂「毀
滅與重生」的課，我也想記下這些筆記，然後練
習拿到最後的滿分。

#一個人

「一個人」對現在的我來說，是不是真的快是一種拿不掉的標籤了？
我在「小都音」的客廳吃著一早起來在對面豆腐店買的一碗「飛龍頭」
與冰豆漿。賣豆腐的婆婆很好奇我一個人怎麼會吃這麼多。

來京都前七天，一個禮拜天晚上，因為一個意外開著車前往急診室，
我的右眼角是止不住地血，那個血從右眼皮滲出往下流。
我搞不清我的視力是否已經受那個巨大的抓傷所影響，還是車窗外的
風雨太大，我陷入一種沒有方向失去一切的焦躁。
為什麼是我自己開車去急診室或是沒有人幫忙叫救護車呢？
抓傷我讓我流血的到底是誰？
為何可以留下我獨自解決這一切？

抓傷我的是跟瑛一起收養的流浪貓「Moto」。
Moto 在瑛走後，常常顯示出一種拒人於千里之外的孤單，於是我又認
養了一隻小母貓，試著能讓牠的生活，產生對話。
小母貓取名「萌萌」，Moto 不知為何那晚對萌萌有了發情的動作，萌
萌發出的哀嚎，讓我想趕快把牠們倆分開，可沒想到卻讓 Moto 的自尊
心受損，以為我要攻擊牠，我眼皮上的抓傷，就是 Moto 在失控下的蠻
力抓出來的。
兩隻貓聽我慘叫一聲，然後看到血立刻從眼角噴出，嚇得躲了起來，
而我的狗睜大眼睛在一旁發出嗚咽的聲音往後倒退。

我很怕這事寫在臉書上求救，會破壞了大家對這兩隻貓的形象，更不敢跟我的家人說我臉上已經是止不住的血，怕他們擔心，可是說穿了，我是不願意讓瑛看見我發出需要同情的訊號。

我一邊開車一邊覺得自己的無聊、可笑與荒唐，還是撥了一通電話給熟識的醫生朋友阿官，沒想到阿官跟我說寵物的爪子比任何「人為」的抓傷還飽含著細菌，一定要叮嚀急診室的醫生開抗生素給我，並且在消毒後看傷口有多大，必要時還需要縫線……

我聽了之後發現事情鬧大了！

「沒有人陪你嗎？」
「沒！放心，我可以的！我會跟急診室的醫生好好溝通！」

我掛下電話，進了急診室，做好自己可以面對一切的準備。

週日的急診室夜晚，人出奇的多。

一個個因為突然天冷而身體不適的老人，在老伴的陪同下送入急診室，還有些神志不清的病患，正需要護士一直用高分貝的聲量詢問，才有可能等到病患發出一個極小聲的答案。急診室充滿著焦躁與某種必須高分貝的聲量才能控制住一切的鎮定，我把自己弄得老神在在，一直擦拭臉上沒停的鮮血，我想等等輪到我，護士一定可以非常優雅的處理我的問題，但沒想到護士的第一句話，就癱瘓我所有的準備。

「你一個人嗎？你就一個人來？沒有任何家屬？是嗎？你怎麼會一個人？」

你怎麼會一個人？

我被問的啼笑皆非，我也真的很想知道，我怎‧麼‧就‧是‧一個人了，我好好的愛過過去每一個情人，但這些人都離開我了，我也很想知道，爲什麼都離開我之後我就會發生這種「居然是一個人面對」的事件！
我當然沒跟護士回答我內心的獨白，但護士還是有她的疑問。

「野貓還是家貓？」
「家貓。」說完我更覺得丟臉。
「爲什麼抓你？」
「兩隻貓發情，我跑去拉！」
「那就好！」
「爲什麼？」
「都是家貓，應該細菌會比較少，好了，放輕鬆，在旁邊等！」

護士說完那句放輕鬆後，我第一次對「一個人」這三個字這麼敏感。
那晚上急救我的是兩個非常誠懇的男醫生，而且看到我的年齡時，還嚇了一跳，以爲我跟他們年紀一樣，結果我後來找到空檔問他們倆是幾歲，居然才 30。
我爲什麼特別寫下來這一段，是我想感謝這些醫生其實很懂得「某種安撫」比擦藥或止痛劑更爲有效。
我想，這場抓傷可能也是要我能幽默的面對「一個人」這三個字，真正享受人生第一次「一個人的旅行」。

我離開「小都音」的客廳走去後院的浴室，想用沐浴開始今天。

雙手，然後，好溫柔的把我整個擁在他好溫暖的懷裡。

我被那道陽光擁在懷裡。

「孩子乖，你好乖，你是一個人，可是你一直都有我啊！」

站在那個角落的陽光下，我好像被父親抱著暖得不想走開。

自尊心不能一直那麼強對不對？

因為自尊心太強，就永遠不是勇士了，而是一種小孩子的表現。

對嗎，爸爸？

小孩子才會認為這件事就應該這樣，那件事就應該那樣，活在需要呵護與自己規定的世界裡面。

我看著陽光，那讓我睜不開眼睛的溫暖，就像我過去對於父親的仰望，而那個擁抱通常不會太久，因為我從小的志願就是想要一個人趕快獨立長大，因為我知道擁有父親的溺愛是沒有用的。

我在陽光裡醒過來。

是啊，我不該溺愛自己。

我在陽光下想著，可我此刻好想擁有這樣的溫度去抱一個人，也讓自己被擁抱。

就在這個時候，手機的 what's app 響了！

居然是瑛。

「你去京都了？好玩嗎？」

抵達京都後 72 小時收到瑛的問候，我發現自己有一種被父親及老天眷

顧的溫暖，像個孩子似的開心，
光著上半身就立刻回應了瑛。

「對！」
「一個人？」
「嗯。」
「好玩嗎？」
「很特別。」
「嗯。」

六句話完之後是一陣沉默。
我想，乾脆把衣服穿上，
把視訊打開，
讓瑛看看現在京都的陽光，
瑛拒絕了！
「不方便！」

這句回應又讓我敏感起來，
不是一大早嗎？
而且台北還比京都慢一個小時，
是不是
瑛身邊已經有別人了。

「為什麼想去京都？」
反而是瑛不放棄的問。

「就是想改變！想多看看！」
我回答之後又是十分鐘的沉默。

我再次褪去我的衣服，到後院的浴室，讓熱水從我的腦勺、雙肩、背脊衝擊，我是不是在期待我跟瑛還要有什麼？情人還是朋友？甚至是家人？瑛雖然小我 15 歲，但我每次只要想到瑛的雙手在我頭頂的髮流滑下與按摩，我就有一種被馴服的溫暖。

我帶著我跟瑛最愛的洗髮精一起旅行，當泡沫搓揉出香味，我抓著我的頭，我真想把這腦袋好好的洗乾淨一次，我到底要的是什麼樣的一種關係？

一出澡間，隔壁那隻花貓瞪著我的手機，然後打了一個大哈欠，我看了一下，居然瑛在我沖水的時候，又發訊息來了。
「我回鎮上，沒在台北！剛剛爸媽起床在旁邊經過。」
然後因為沒有我的回音，又隔了三分鐘後，瑛留下四個字。
「注意安全。」

白痴嗎我？
我敲打自己的身體並大叫了出來，對面那隻花貓嚇得躲進屋內。
我錯過了打開視訊讓瑛看到京都陽光的機會，完全表現出我在愛情中其實一直有的嫉妒、占有與自卑，對嗎？

「京都很安全，有很多沉澱。我剛剛是在洗澡。」
我趕快回了一通，但這通訊息在那刻後都沒有回應。

#搖搖冰女孩 與
　八神社男孩

「迷惘」與「追求認同」是不分年齡的，它會在你人生的某個時候，又闖進來你身體，讓你完全變成了另外一個人，一心一意尋求釋放與救贖。就像我現在突然闖進了一個上百名男人聚在一起的神社，每個男人及男孩，換上了與神明最親近且接近赤裸的衣服，準備抬著上百斤重的神轎，帶神明遶境。

跟瑛在一起之後，特別被這樣的儀式吸引。

瑛引領我進入這儀式的生活中，因為瑛從小就在這樣的環境長大，跟瑛最要好的一個女孩，我們都叫她「搖搖冰女孩」，還是一個能與濟公通靈的乩童。

為什麼這個女乩童被我們稱作「搖搖冰女孩」？

因為「搖搖冰女孩」在擁有通靈能力之前，是一個在巷口賣搖搖冰養家的女孩。

17歲仲夏的一個晚上，「搖搖冰女孩」不知道為什麼自己的身體突然不受控制，居然就在自己家的院子起乩了！而且最厲害的就是她一邊起乩，一邊報出這期「大家樂」的名牌，她報的每一個號碼只要當場記下來去買的人全都中了獎。

從那天起，她再也不用賣搖搖冰了，家裡每天都有人登門上來希望得到「搖搖冰女孩」起乩時報出的數字。

我跟瑛就是跟「搖搖冰女孩」，噢，不！這麼說對神明太不恭敬了，應該說是跟「濟公」一起去遶境，濟公藉著「搖搖冰女孩」的身體去那個宮、那所廟宇，我們就跟著一群進香的善男信女一起出發。

我漸漸喜歡上這種旅行，以及與天地共鳴的儀式。

我跟瑛的肉身與靈魂，無時無刻都跟著那份虔誠在各廟宇發生無比的
融合，那是一種同時跟鬼神與土地最靠近的時刻。在震耳欲聾的鑼鼓
與嗩吶聲中，渴望被天地救贖與我們相愛的一切能被此生認同與祝福。

沒想到，我現在在「哲學之道」旁「銀閣寺」小巷裡發現到一個叫做「八
神社」的地方，在這片神社的操場，又嗅到那個熟悉的氣味。
依照經驗，在那個震天的聲響奏起之前，都會有一場安靜的等待。
我正誤闖了這個安靜的等待。
上百名男人與男孩，女人與女孩，正在秋陽下，聆聽祭典的祭文吟唱，
每個人的呼吸都很一致。
我被一個男孩吸引。

與其說我被他吸引，應該說前一分鐘，我被他凝視我的眼光給吸引住。
那個眼光在告訴我：「你，是一個外人。」

當我看向他，他居然露出害羞的眼光而把頭撇去陽光的方向。逆光下
的他格外英挺，好像他天生就是保護這裡不被外人打擾，最理所當然
的武士。

可是，這裡的外人很多，因為京都最多的就是遊客，更不用說這是在
「銀閣寺」旁邊的神社。

每個外人都靠近著神轎與主祭者猛拍，但我沒有。

可能是因為那個眼光，讓我知道這裡其實不需要更多的外人，要的是
能懂他們也被信任的知音。

於是我坐下，我坐在他們之中，我把呼吸調著跟他們一致，聽主祭者跟天的對話。

他又看著我，我只是聆聽著。
我不知道我的肉身是不是在聆聽之際，已經位在神明與魔鬼之間，但我真實的坐在即將扛著神明遶境的所有男人當中。

時辰已到。

所有男性起身靠近神轎，這才知道那個一直看我的男孩，是神轎前維護一條出路的引航者。他沒扛轎，但他必須一直在人群中開出一條可以走下去的路。
他張開雙臂，讓圍觀的人在他胸膛後面，可是，他居然沒讓我離開，讓我身在其中。
我懂他要給我的禮物：你不是外人！因為你願意坐在其中。

當上百名男性一起把神轎扛起，我也扛起我的攝影機。
我不懂怎麼喊他們呼喊上天的語言，但那上百名男性用全身發出的呼喊，給了我如何按快門的節奏。

跟隨，是這世界上很難以言喻的一種行為，可能與救贖與認同有關，也可能，只是很簡單的願意成為其中，擁有一份信任有關。

#清水寺

我突然就被擠到一個一直聽到後頭有女孩或
男孩呼喊叫誰停下來的人群中。
我以為到了「清水寺」包圍我的將是觀光客，
沒想到身邊擠滿了 20 歲以下各學齡的學生。

小學生們都自動成群並且排成井然有序的隊伍，在導遊親切的介紹下，要不就張嘴表情憨傻得像進入了一個不尋常的世界。正在發育的國中生拚命地記筆記，那些挺拔的高中男生在路上追逐，高中女生則帶著某種期待在買任何能跟戀愛或學業有關的祈福紀念品。

「清水寺」要給孩子的是什麼？

觀光客遠道而來想追求的學業、戀愛跟長壽這三樣東西，可是跟不同年齡的孩子要怎麼說？
要從「追求」的角度說？
還是從「靈驗」與「宿命」的角度？
或者，以上都不說，
就只說清水寺的建築與歷史上曾發生的故事？

這些問題與答案面對不同的年齡，在這邊一定有某種「高度」的解釋吧！

但孩子們會反過來向這個高度發問嗎？

不同年齡的孩子閉眼向神明請教的事，會跟請教老師或家人的一樣嗎？
小時候最喜歡的一則偉人故事就是孫中山先生在少年時跟陸皓東同遊，當時篤信基督教的他，反對敬拜偶像，踏入廟內便把佛像的手當場拉斷，他想讓大家知道凡事都必須靠自己努力，這世界許多必要的時刻是連菩薩都救不了自己的。

可是當你入社會之後，尤其是進入拍片這一行，面對各種充滿不確定，卻還是要發出確定的決定與全面的掌握，除了做好萬全的事前準備，還包括對於宗教的尊敬甚至依賴。

宗教不是一個人的事，是一群人的事，寄託的不單是物質，也包含了靈魂。
既然出來工作一定是一群人的事，宗教的道理與儀式，常讓大家的心有一份共同的理由聚在一起，也讓集體的恐懼有個釋放的出口。

過去一年，艋舺的「龍山寺」成為我常常尋找靈感以及智慧的地方，因為我發現「籤詩」是一種非常有趣的溝通。

你必須先跟神明說出自己想祈求的願望或是問題，接著在上百支籤筒中抽出一支籤，而這支籤是否是神明給你的指引，還必須經過你三次擲筊，連續三次都擲出聖筊的狀況下，那支籤才是神明給你的應許與指引。

每支籤都有一首籤詩，籤詩都有一個故事，這個故事會啟發你與現在所遭遇的問題、祈求的願望做一個呼應，而且這些故事通常都有衝突的人物故事、深刻的欲望與致命的反擊，它總會刺激你去思考自己如果就是故事中的主角，你該如何以這個主角的故事解決你目前的困境。
當你一旦變成一個「角色」，你就可能會轉念或充滿期待了！
可貴的是，籤詩常常靈驗，並且常有在最後關頭助人一臂之力的傳說。

我對自己好奇的是，過去因為照顧「漸凍人」病症的父親，我從未在

那段日子向神明求過任何一支指引未來的籤，也未在任何需要安慰的時候進入教堂或是廟宇，何以我現在爲了感情與工作，要在神明前求一個安全感？看看自己在神明的眼中是什麼角色？

過去努力的工作經驗與幾次銘心刻骨的感情，爲何到現在都不能讓你熟能生巧？反而成爲感情中衡量對方與處處提防對方的擔心呢？

還是，我已經來到一個害怕生命時間不夠，想用任何方式去抓住人生永恆的階段？

或是因爲終於已經在人生中嚐到多次死亡及離去與被拒絕的苦痛，不想在未來再錯過任何一個可以挽回的機會？

我是否已經不再樂於面對挑戰，而妄想每次都抓住一個成功的名額？

過去對於生活中的每件事，都覺得沒關係，只要看得開、努力重頭再來就好了，甚至對於金錢，也有一種「凡事不要小氣，再努力賺就好了」，但現在發現自己跟身邊的朋友即便依舊努力，要做到能洞燭先機、把握時機、掌握脈動與保持自己的健康與體力反而變得更加重要。

你已經完全嗅到這世界不再能只靠努力就成功的警訊。

以前我們會聊到「愛」，只要你有「愛」，你就有這生命中最重要的資產與眼光。

可是有件事很妙，一直憋在心裡不敢講，就是過去三個月連續兩次在艋舺龍山寺爲了感情的疑惑與確定，都抽到兩支一模一樣的「上上籤」，但沒想到感情的結果與事實卻完全與籤詩相反。

雖然工作一直讓我擁有與更多不同領域的人面接觸，但愛情的回應總讓我覺得自己是一個應該立刻消失的人。

我在日記上寫了「哈哈哈」三個大字！還在臉書上貼了那兩張上上籤的合照，看看大家的反應，我當然不會告訴大家這籤詩對我來說完全失靈的過程，只想看看大家對於這個運氣的回應，可不可以有個安慰讓自己轉念。

但籤詩不是「桌遊」，我貼完之後立刻後悔自己的不敬，可是大家對於好運的祝福卻蜂擁而至，讓我更加心虛。

可能我該轉念，就是這份感情並沒有結束，是我太習慣用自己快速的時間標準，去判斷每件事的成功與否。

是不是我把生命看得太短？還是愛情真的要用一輩子來看？

當自己的心正在跟這個荒謬對話鬼打牆時，我已經站在「清水寺」那處可以欣賞整個京都的高台上。吵雜的驚呼聲與類似「拍我拍我」的呼喊像潮水一樣推向耳邊，低頭一看，山腰上滿滿的學生在老師的誘導下排隊，在三處水流下許願，以我這個角度看到的人潮，如果要加入他們一起排隊，至少也要等半個小時才能完成許願的動作……

好像每個人都很懂得在這裡尋找他們的願望與夢想，可是我卻不得其門而入。

我現在已經最接近大家心目中供奉觀世音菩薩最神聖的地方，但為什麼我心中的雜音，喧鬧到我聽不見瑛跟自己的名字或心中任何一個願望？

回頭吧！
沒想到這一回頭，我就看到我懂的東西了！

籤詩！

沒錯！只要你現在支付 100 元日幣，就可以獲得一張「清水寺的籤詩」。寺內的工作人員非常專業，無需任何語言就讓我清楚地搖出了籤筒的籤，然後立刻根據籤號給了我那張籤詩，在過去同樣曾獲得觀世音菩薩回應的答案，這次在清水寺回應的卻是：

第九十七　凶

霧罩重樓屋　佳人水上行
白雲歸去路　不見月波澄

底下都是日文，完全看得懂的漢字有五個字：

諸　事　不　幸　福

這就是我走了這麼遠的路，來見觀世音菩薩一面要知道的答案嗎？

註記：

「霧罩重樓屋」
就像高高房子也隱於霧中看不見般地，
煩惱的事不斷，每天昏暗、陰天吧。
「佳人水上行」
就像柔弱的女性獨自一人乘船在水上旅行般地，
現在正面臨危險的狀態。
「白雲歸去路」
白雲未定，去的方向也不知道。
每天不知道會發生什麼事吧。
「不見月波澄」
就像澄清的水應該映著月亮的倒影也因為波浪凶猛
看不見般地，
種種妨礙很多吧。
首先要內心安定是很重要的。

願望：難以實現吧。
疾病：危險吧。
遺失物：難出現吧。
盼望的人：不會出現吧。
蓋新居、搬家：壞吧。
旅行：不好吧。
結婚、交往：壞吧。

籤解翻譯係依日文原句結構直譯，不符中文流行語法，
以表忠實。日文用辭一向比台灣生活用語含蓄，日文
的「好吧」就是可以，「不好吧」意即絕對不行。所
以在日文提及「要檢討」「有疑慮」的，就已經有著
明確的否定意味。
以上采自網路「籤詩網」的解籤服務。

＃如果你抬頭

在「清水寺」低頭抽到一支凶籤後，
我居然抬頭就看到了我最喜歡的櫻桃粉紅色天空。

傍晚 5:31。

這是每天太陽跟月亮見面的幾秒鐘天空會發出來的顏色，很短暫，像
某種愛情，可是又有某種永恆，這時間也可能是一天最忙碌的時間，
因爲你就要完成今天白天所做的一切，面對接下來可能是璀璨的黑夜
也可能是孤獨的黑夜。

正在低頭的人，能在這個忙碌的時間中，抬頭看到這個僅只幾秒顏色，
聽說會有愛情的幸運。

這條小巷是從清水寺下山的其中一條，為何會吸引我，是因為它是京都很難得一條不是筆直道路的小巷，我拍下這個畫面的位置，是一家以清水模為基底的咖啡館，在門口有兩個露天的座位，它坐下來的視角，居然就在這個路的中央，這讓我可以看見這條下山的小巷以及佈滿電線的天空。

每一輛車都駛向我卻立刻轉彎，讓人有一種瀕臨死亡卻一直重生的快感。

這是一個好老派的天空。

跟你常笑我老派的那種老一樣，因為已經好久沒有看到電線桿跟天線如此在天空中交會，像是提醒某種失去的聯繫。

原來，我想要一個聯繫。

我想要一個跟自己的聯繫，跟自己聯繫一下。

我想問自己：為什麼你的生命已經走了這麼久，卻沒給自己一個聽自己聲音的聯繫？

你忘了你還是會害怕，還是會放棄，你忘了你其實還是能走。

而且，能在陌生的地方走出一條路，通常是因為你過去的美好經驗，告訴你這麼走會是對的，就算你現在失算走錯了，也可能會因此開口問一個讓你對的人，只要你開口。

一個人的旅行，讓你發現你可以是一個對的人，也讓你在走錯時，因為重新判斷與檢視，那些能讓你變成對的人或事，因你重新給的入口，就此進來。

這個天空的顏色很短暫，我不敢想太多，只想拍下來給你。

音羽山　清水寺

凶　第九十七

霧罩重楼屋
（きりはじゅうろうのいえをこむ）

佳人水上行
（かじんすいじょうにゆく）二

白雲帰去路
（はくうんかえりさるのみち）

不見月波澄
（げっぱのすめるをみずや）一

○このみくじにあう人は、諸事不幸福にして、また災難あり。世間の思わくも悪しく、何事も新にしはじむること悪し。たゞ身をつゝしみ時節を待たば、吉事にあうなり○神仏を念じてよし○望みごとかないがたし。時節を待つべし○待人来らず○えんだん吉○産はし○失せ物出がたし○あらそい事まけなり○求職してよし○売り買い共によろしからず○職業は糸類、道具物、土木建築業などよし○病気は本ぶくす○よろず人の後に立ちて決して人の怨みを求むべからず○家内仲むつまじくすれば子だから多し

○おみくじは樹木の枝にく、りつけないでお持ち帰り下さい。

97—No 003128

#華麗的轉身

寫完那篇日記之後，天已經完全暗了！
我並沒有發出去給心中的任何人。

此生第一次與「清水寺」相見就抽到一支凶籤，這跟生命中已經開始
有多次面臨宣布死訊以及全部失敗的經驗來比，其實根本可以歸納成
「這一切不過是一個運氣」的問題。
但不知為何？這一次我有點失落，甚至可以說，我意識到自己軟弱了！

過去每到這時候我都會異常冷靜，甚至，想找身邊任何一個人，說出
一些對這件事任何可以祝福的話，然後安靜瀟灑的離開。

我一直認為，如果每件事情的結束都能做到華麗的轉身，就是最美的
境界。
可是我越來越討厭自己這個華麗的轉身，因為那又不算矜持，又不是
勇敢，反而是一種令人討厭的高傲。
連自己軟弱的情緒都不能有，那要跟你在生活上一直相處的人該怎麼
辦？

其實有時候我懷疑自己喜歡瑛是不是因為對方太像自己，瑛的優點讓
你覺得兩人的相遇是志同道合，在一起的每一秒都讓你靈感泉湧。
而真正透過時間的相處後，那全身的缺點都像極了自虐，以至於對方

對你叫囂、對你的依賴，你都明白那不是惡意。

甚至我懷疑，我們彼此其實需要一種來自對方的給自己的救贖，如果你能夠包容對方施予的痛苦，就像是向以前自己曾對別人所犯的錯，在現在的愛人上有了改過自新的機會。

但這是愛嗎？

還是某種自戀的投射？

剛剛抽到的凶籤我把它摺了四折放在錢包裡。

回到「小都音」我嘗試做一件事，就是搜尋一下網路上跟我一樣抽到凶籤的人都會怎麼做？沒想到才看到第一篇，全身發抖……

「若是抽到凶籤，千萬不要把它帶走，因為帶走凶籤，壞事就會成真了！要讓觀世音菩薩看守著這支凶籤，你要把它綁在清水寺旁邊的樹上，然後根據你未完的心願，再到寺廟後面的每一個相關的神社去祈求神明們把這些厄運驅走。」

什麼？凶籤不能帶走？

我不但帶走了凶籤，還把它跟錢放在一起？

世界本來就充滿變化，所以每件事情，一定都會有它的配套，菩薩也是啊！我怎麼這麼死腦筋都沒想到？

自己什麼都沒準備好就要進神明的殿堂，這就是「自以為是」並且「過度驕傲」的下場。

光是求一個「良緣」，清水寺大殿的邊上就有「地主神社」，祂供奉了月下老人跟白兔，神社中有兩顆非常有名的「戀占之石」，據說只

要你閉上眼睛，心中想著你喜歡的那個人，如果你能夠在閉上眼睛的狀況下，從地上其中一塊石頭的一端走到另一塊石頭的那端，這一路若你都沒有走偏，你們倆在一起的心願就一定能實現。

這些神社我都有經過，但是看到了神社中可愛的石像，以爲是動漫卡通宣傳促銷的遊戲，心中想著自己都那麼大了，還跟一群高中女生玩一樣的東西幹嘛？更不用說還在女孩們的眾目睽睽下一起閉眼睛了！
地主神社第二個有趣的是「人行祓」，所謂「人行祓」是一張類似人形的紙條，你可以買來在人形紙上寫下你的煩惱，然後丟到旁邊的水桶裡，當人形紙溼掉之後會沉到水裡，煩惱厄運會浮在水面上，這樣就象徵厄運跟你分開了！

我是不是一直把認眞放錯了地方？我人生的幽默感呢？
而我當時回頭轉身抽籤之前，看到那些小學生在水流下排隊的地方，就是清水寺最出名的「音羽瀑布」，那是來自音羽山的水流，分別讓人許下在學業成就、戀愛、延長壽命的願望。

我馬上拿出我的小筆記本記下網路上所有傳授的撇步，你要如何舀水清洗右手到左手、再從左手到右手，敬拜時又該如何「拍手」、如何在「奉獻櫃」裡投下多少錢並且在拍手過程中，何時拉鈴、何時說出你的願望的所有順序與細節……

最重要的是，明天第一班公車是幾點？
要如何用最快的方式，回到清水寺，找到那棵綁凶籤的樹？

＃夢

我做了一個夢，似乎是觀世音菩薩來我夢中。祂問我：

爲何這支籤你覺得不能留在你身邊？

這支籤難道不是我對於你最好的提醒？

這支籤是我用盡全部的力量與安排，就是要告訴你，你生命中，現在，最需要的就是先安定你的心智！

而且，這支籤並沒指責在你感情關係中任何人有所對錯，而是告訴你，你的心智是否清澈？

現在你人生接下來所要發生的一切，你所求的一切，根本不是關於你人生與感情如何「定位」的問題，而是你‧的‧心‧不‧清‧澈。

因爲你身在那邊你一直心知肚明，但你的心不清澈。

你要的愛及你要去的方向你並不清楚，就算你現在正在迷霧中，可是等迷霧散了，你還是只在乎你一直要的定位，那你將永遠只在原地，沒有辦法出發！

收好我給你的這個凶籤，這是我費盡千辛萬苦對於你的提醒。

你可以再來看我，再來依照世俗要你參拜的方式與我重新碰面，但這支凶籤是專屬於你的智慧，是給你未來要得到的禮物，那禮物的盒子需要一把正確的鑰匙，你該把籤留在心裡，而不是急著把它還給我，或是在未來懷疑你周圍的人是否爲加害你的人，這支籤是要提醒你，你該擁有眞正的智慧。

凌晨 4:18，我經歷一場可能一輩子都無法忘記的訓示，醒來發現全身已經因冷汗而溼透，我懷疑是否是因為睡姿不好，壓到了心臟，讓自己思緒如此混亂？

結果不是，我意識到自己正像嬰兒蜷縮在母體一樣的姿勢，抱著雙膝，非常安全的被羊水保護著。

我不知道你有沒有一種經驗，就是剛剛逃過大難不死的一劫，第一個情緒反應是大笑，大笑我活過來了，然後你就發生一種像是跟以前人說的諺語──「邊哭邊笑，猴子拉尿」──的情緒發洩。

最悲的時候，就是仰天大笑的時候。

我大笑了，然後因為大笑融化了臉部受驚嚇的肌肉，眼淚自然順著眼角與臉部的紋理四處滑落，溫暖了僵硬冰冷的肌肉並帶來釋放一切的解脫，進而有一種重生的感覺。

太陽就快要出來前，在這百年古屋的塌塌米房間裡，觀世音菩薩用盡了全力要幫我解籤，希望我擁有的是清澈的心。

於是，我打消了清晨五點出發去「清水寺」的念頭，而且不知為何，我的身體從來沒有感覺到如此疲累，我調節著呼吸，原諒自己不是不能起床，而是正在練習，不再依賴任何世俗的形式到達人生要去的地方，我想要知道自己真正要的不是把那支凶籤綁回清水寺的樹上，或是再麻煩神明助我達到任何成功的捷徑或結識更高的貴人，而是我想要讓自己的心清明起來，我究竟要的是什麼？

可是思緒不是你想要的時候就會有，「頓悟」這兩個字的解釋也不是

表示你就立刻會知道如何解決的方法。

這一切只是個開始，我告訴自己旅程才要開始，我要好好地開始在京都真正面對自己。

我像是被安撫的小孩，讓自己又睡了過去。

才睡了一下下，京都陽光的溫度已經灑進落地門，而我在這刻才真的知道為何這裡叫做「小都音」。

「小都音」是指你能在這裡感受到京都那些微小的聲音，那些屬於京都任何微小的聲音，都可以是旅行的一部分，甚至是你的聲音。

我雖躺在房間中，但我真的聽到這個小巷豆腐店的婆婆正拉起鐵門，非常輕聲地把鍋子架好生火的聲音，高跟鞋走過我身邊柏油路的聲音，腳踏車騎過的聲音，車子慢慢在小巷口經過，與摩托車溜煙駛過的聲響，還有人正拿著水管灑水清理地面時的水聲……

似乎因為是一天的開始，那種聲響的節奏的快慢，有一種蓄勢待發的情緒，甚至有一種尊重尚未醒來的人的小心，那些聲音一直在你身體旁邊經過，甚至說穿越你的身體，輾過你的哀傷憂愁，抹掉了你眼前迷濛的遮蔽，每一個生命都正要向今天出發。

只要你醒來，今天就是你的。
我接著醒來，面對今天已經是這次京都旅行的倒數第二天。

我仍然會在生命中的某一天再去一次清水寺，但我知道每一次能見一面，都得來不易，所以我會好好沉澱，帶著感恩與自己的智慧去見。

＃我站在對街

「我們中午見？」

「怎約？」

「百萬遍如何？」

「啊？你別弄我了？」

「弄你？」

「今天是我最後一個整天了，你前幾天不好好陪我，現在還想從此見我『百萬遍』喔？」

「哥哥！」

「嗯？」

「『百萬遍』是一條街的名字，不是我要見你百萬遍！」

陳敬萬萬沒想到我對京都不熟悉的程度居然連「百萬遍」是京都一條知名的「街名」都不曉得，這條街因為到處是騎腳踏車上下學的大學生，他希望帶我好好感受京都的大學生生活，而我居然還在半夢半醒的狀態下，真以為「百萬遍」是陳敬的甜言蜜語，我在房間大笑自己的弱智後，趕到百萬遍時已經是中午十二點了。

陳敬帶我在「京都大學」的校園走著，青春的笑聲一直在耳邊隨著腳踏車從身邊經過。

「你想跟瑛復合，對吧？」

「跟你去墾丁旅行之前，我發現瑛已經離開台北，回家鄉去了！所以我再度回到那個媽祖不看海的小鎮，到了瑛的家，一直到我又看到那家剪頭髮的店，我才發現，我們倆遠離彼此的這一年多，自己是一個徹底的白癡！」

「你看到什麼？」

我站在對街，那是一條不大的街，但擁有這個小鎮最熱鬧的車流，那些眼前交錯的車，像瑛的手每次在我發呆時要喚醒我的手，在我的視線裡不停地揮動，想讓我回到現實看清楚，看清楚現實裡只該有瑛，不要東想西想。

對街那家瑛開的理髮店已經全部重新裝潢過了。

但讓我更清清楚看見的是，我完全不會對那家店全新的裝潢感到陌生，因為，瑛把這個店，布置得跟我們家陽台的風格一模一樣。

瑛知道我最喜歡在家裡的陽台看著遠方發呆，因為遠方的山，就是我爸骨灰最後安放的地方，那個陽台從牆面到頂棚，全都讓我用原木釘著，腳下踩的地面也都用石頭重新砌過，因為我認為石頭跟木頭有它記住溫度跟溼度的觸感與香氣，好讓那個陽台，有它自己一直活著的生命氣息。

瑛把這個理髮店布置的跟我們家的陽台一模一樣，牆面全是用原木搭建，而門口也內推了一個陽台，陽台的地面也是用石頭鋪成。

原來，瑛說「短時間內不要碰面」，竟然是回到家鄉重新把店開起來，並讓這家店的樣子，跟我們同居時常常發呆看遠的陽台一模一樣。

換成你是瑛，這麼做到底是爲了什麼？

換成是你，你會走進這家店嗎？

過去這一年多，我在幹嘛了？

店內落地窗的玻璃映著我的身影一步步接近，我的心堅定得已經不會再被稍一不小心急駛過的車撞擊飛走，我想進入這個房子，我想看見瑛，聽見的不再只是歡迎光臨，而是下一句：

「你回來了就好。」

「歡迎光臨！」那女孩我未曾見過，親切的笑容像瑛一樣。

「有指定設計師嗎？」

「瑛，瑛在嗎？」

我當然沒有見到瑛，如果見到了，我就不會臨時答應讓自己跟陳敬有一場墾丁的旅行，也不會來到京都。

那家店當然也是瑛開的，只是瑛正好不在。

「一看就知道你是外地人。」漂亮的女孩幫我洗頭。

「要不要洗眼睛，我會洗眼睛喔，是瑛教我的，瑛一定有幫你洗過眼睛吧？」

「洗眼睛」是一個傳統理容院會在洗頭時特別的服務，它會讓你的頭更往後仰，然後當你閉著眼，爲你洗眼睛的人，將用他的手，放在你的鼻尖，讓水不致噴灑影響你的呼吸，然後讓水在你的額頭流轉，然

後順勢下滑流轉你閉上的雙眼，你會因為那個流轉的水流突然有一種興奮的窒息感，然後幫你洗頭的人好像用水流掌握了你興奮的窒息，水流不斷在你的雙眼跟額頭來回，漸漸地你不會再用窒息面對那個溫暖你雙眼的水流，而是有了一種新的呼吸頻率，並且有一種徹底放鬆的微笑，像是剛搭玩雲霄飛車的難忘，想再來一次。

這女孩叫 Ann，19 歲，她洗得很好，而且正在跟一個比她還小 3 歲的男生談戀愛，所以不會去台北發展。

「瑛去哪了呢？」
我一邊讓這女孩洗眼睛，一邊問著。

「昨天去旅行啦！店裡的人都很意外啊，就突然說要去旅行，一定是談戀愛了！」
「真的嗎？」
「我亂猜的啦！談戀愛可以讓人變開心、好看，就是會做一些突‧然‧很‧不‧一‧樣的事。」
「失戀也會啊？」
「瑛那種一看就知道不是失戀好不好，看 Line 的時間越來越多，而且都會笑，就算想隱瞞，我們也是會看出來的，好不好？」

我一聽到這句話，就猜想是否瑛已經不再使用原來我們共用的通訊軟體，我想趕快看一下我也好久不再使用的 What's App。

「哎，先生不要動！」
我這一起身，讓水流過我的鼻子，當場嗆了出來。

Ann 趕快拿毛巾給我擦臉及身體，我迫不急待想打開我的 What's App 確認這樣的想法到底對不對，果然，軟體上顯示最後上線時間已經是遙遠的半個月前，所以如果 Ann 說得沒錯，那些想讓瑛隱瞞祕密的開心微笑，應該都不再是因為我，甚至最後一次想我也是在遙遠的半個月前。

「哇！眼睛怎麼都紅了，對不起對不起對不起……我有眼藥水，從日本帶回來的，很舒服喔，你點一下會更好！對不起啦！」

隔兩天，我發現瑛又開始用 What's App ，我想應該是 Ann 已經跟瑛說我去過店裡，但瑛跟我都沒有再對話，一看到對方上線，很快就下線……

直到來了京都第三天。

＃一樣嗎？

「你去清水寺抽籤，是怎麼問這段感情的？」
「我請求有一份被祝福跟長遠的感情。」
「你沒跟菩薩說你想要瑛回來？」

你有想過你跟神明的關係嗎？或是你跟你信仰之間的關係？
你什麼時候求助？什麼時候禱告？又是什麼時候奉獻？什麼時候還
願？

你懂神的話語嗎？
還是你期盼祂能更懂你？

「其實你自己心裡有答案，而且很清楚，你一直這樣抽籤，只是想核
對神明跟你心裡想的是不是一樣，對嗎？」
陳敬說的沒錯。

在京都的最後一個晚上，我們倆去吃了一盆高達台幣八百元的「炭培
烏龍刨冰」，他沒勸我要不要再去找瑛，也沒再提那張凶籤的事，我
終究也沒問他與前女友重逢的時候，彼此說了什麼。

#飛機上的日記

誰是對的人？
什麼時間，又是對的時間？

開始懂得會問這個問題之後，另一個問題就來了。
我是對的人嗎？
我這次出現在彼此面前的時間是對的時間嗎？

就算我的好朋友是星座專家唐立淇，她的 ipad 裡也有我的星盤與生辰八字，但面對誰跟誰到底是不是對的人，她總是會用人性最軟弱卻也是最堅韌的答案反問我：

「如果我說不合，你就會停止嗎？」

你會嗎？
這個問題如果在傳說中的「哲學之道」上去思考，會不會有意想不到的答案？
可是等我到了哲學之道才發現，我來的時間不是這條路最美的時間，因為哲學之道美在櫻花盛開與凋凌的春天，我來時非但不是春天，還在葉子未紅的初秋，擺明是一個什麼都沒準備好的時候，想必我這次一定沒辦法悟到人生的答案。
這是否就是我太隨性太有自信的下場，亦或是老天正用這場旅行提醒

我：
「你若再不為自己的愛做準備，想說一切靠緣分，就算哪天緣分真的來了，你也把握不了對的時間。」

我站在「哲學之道」的起點看著，我這幾天疲累的扛著攝影器材，註定拍不到傳說的美了，對嗎？

如果這次旅程是我這生中唯一一次的京都，我跟「哲學之道」的這一面，是不是就是這樣了？
就是一條水流、一段路、過了就過了。

好想哭啊！
以前念書的時候，覺得「過了就過了」是一種多開心的僥倖，現在離開的地方跟離開你的人多了，真不想再僥倖了！

「已經到了，就走吧！」

或許因為沿著水走，這是在京都難得的彎路，路夠彎得讓那些遠方的人走起來好像有種若即若離的美感。秋陽很烈，可是哲學大道上的櫻花樹，卻把陽光的光澤拆開得跟水面上的波光一樣，閃爍的節奏像是跟你在打什麼密碼似的，我想這一定是哲學的開始，一定要來好好的感受一下，我一定有慧根在今天得到我的答案，或是遇到對的人。

「天真！」有這個念頭的時候，我就知道，我太天真了！
我吸了一口冷空氣，坐在樹下，看著自己的影子，只有自己的影子很

清楚的陪在我旁邊。

影子隨陽光跟樹葉在動，但我沒動，其實我懷疑自己已經不想再追隨什麼，哲學大道給我的不是走動，而是停留，看著自己越來越小的影子，看待周圍。

那天夜晚我回到住的百年町屋，沒有疲倦，畢竟我安靜了一下午。

我整理我的照片，發現了「哲學之道」居然真的有給我一些東西，是我在整個下午都沒發現的。

就是：
我再也沒有拍我最習慣也最愛的「特寫」畫面了！
我開始拍全景了！
我還是愛拍人，但是，我已經喜歡拍那人離我遠走的樣子。
遠走時有陽光。

在離開京都的飛機上，我寫下這篇日記，日記裡還夾著那張清水寺的凶籤。

#斷捨離

「還在旅行？」

瑛發訊息來了，是因為瑛看見了我剛剛 po 上臉書的日記嗎？

「沒有，已經回到家了！」

這一寫完，我們倆的對話暫停了十秒，為什麼我心中有千言
萬語，卻只能給這麼冷冷的兩句話？

我在猶豫什麼？

「貓跟狗都還好嗎？」

這句話讓我想立刻飛奔到瑛的身邊。

因為旅行七天沒在一起的貓跟狗一看到我回來，那種被對方馴養而有的彼此依賴，以及像是失散後總算重逢的喜悅，似乎在瑛訊息裡這幾個字聞到那股氣味。

我馬上對瑛提出碰面的邀約，瑛卻回絕了！

「最近店裡很忙，知道你好就好了！」

很久之後，我回答了一個「嗯」。

接下來，我瘋狂的整理這個家的一切，更確切的說，是在丟掉這個房子所有過期的東西，包括冰箱的食物，廚房中過期的調味料與擦拭每一個因為住在這山裡的溼氣而快要發霉的櫥櫃，清洗所有一年以上沒使用過的碗筷杯盤並把家裡每個東西與書本重新分類，鞋櫃與衣櫃中不再穿的衣服鞋子裝箱捐贈……

我在鍛鍊所謂的「斷捨離」。

我接著想清理一年半之前我生日那天，瑛突然離去，我們在這個房子剩下所有共同的東西，接著重新分類、歸納、重整或丟棄。

這不是因為我想徹底的忘掉誰，而是我知道如果自己不再振作起來，我絕對沒有勇氣問瑛是否已經跟那個分不掉的男友在一起，還是有了新的男友？

如果連瑛離開後留在我身邊的東西都無法整理收納好，我註定連祝福的勇氣都沒有……

時間一個小時又一個小時的過去，整個房子根本不是越收越乾淨，而是越來越混亂。

從一開始很俐落的把屬於兩人共有的東西，儘快的分成「不再需要」，以及「依然實用」的二分法，到後來變成要丟的東西實在太多，多到自己都懷疑是不是只是意氣用事卻一定會在事後反悔的虐心。
每一件東西的移動，都會讓兩隻貓咪與狗好奇的左跟又跟，到了傍晚，他們三個已經各自累到處在一個包圍我的三角形位置趴著，然後無辜的看著我，像是懷疑是否我要連牠們所熟悉這空間的一切氣味都要清理掉？

深夜 11 點多，我移動完所有傢俱的位置，擦掉黑板上所有圖案，丟掉了所有垃圾，分類出要捐贈的衣服與用品，果真讓這房子變成了一個新的樣子。
我煮了一鍋粥，煎了兩顆半熟的荷包蛋配黑醬油，打開一罐差點要過期的花生麵筋與肉鬆，犒賞重生的自己。

「對個統一發票吧！說不定今天中獎的就是我！」
我果然中大獎了！
而且是每一張。

一張張發票，載明了這是哪一天的消費，在什麼地方，買了什麼東西，停車停了多長時間，每一張發票都詳細記載著我跟瑛生活的紀錄與旅行消費的明細。

完全理性的消費憑證與紀錄卻充滿了當時那些笑聲與當下共同擁有的每一個東西及共享一份餐點的喜悅，甚至只是一些日常生活的添補，都因為這些發票上燃起了心中溫度，每丟棄一張，心就像是中了大獎一樣，每張都揪了你一下。

我拿起車鑰匙，儘管已經是深夜，我向瑛的小鎮開去。

＃滿月海洋

「沿著右手邊的海洋一直開，　直到看見左前方有一個巨大不看海的媽祖像，就會到了！」

腦中又響起了第一次瑛跟我說句話的聲音。

奔馳在南下無車的高速公路上，今晚又是滿月，月光讓海跟公路，在速度的追趕下，不管你怎麼催油門，都有一種不管你怎麼追它都一直陪在你身邊，你完全沒移動的錯覺。
喧囂的警笛聲沒多久在我耳後響起，我這才發現自己的車速已經超過限速至少 20 公里。

「下車，你下車！你知道你開多快嗎？」
我開心的咧嘴大笑，一邊笑還一邊點頭說：「我知道！抱歉抱歉，我知道！」

我下車任警察在我身上上下搜索及酒測，打開車裡每一扇門讓他們翻找車上有沒有任何違禁品，我開心的在這晚上的超速罰單簽上我的名字，像是這罰單為這場即將重逢的衝動有了見證。

13 分鐘後，我又回到了這個小鎮，鐵門拉下的門口，停了另一輛車，這原本是我的位置，我繞到對面空地準備熄火，我又聽到鐵門拉起來的聲音，是瑛。

但我到底看清楚了什麼？

看到瑛身後有另外一個男人，尾隨著出來。

我趕緊再上了車，瑛也同時上了那男的車，我讓自己跟瑛同時關上車門，好讓這個小鎮的寧靜只有一個關門聲，那個男的看起來跟瑛一樣年齡，至少小我 15 歲，然後他也上了車，窗玻璃很黑。

車子沒有發動。

我不知道自己是該下車走上前去，還是等待，甚至是，跟蹤？

幾乎是一個擁吻的時間，車子發動了。

瑛沒下車，我做了我有生以來第一次的「跟蹤」。

車子往我跟瑛常去吃的羊肉爐店出發，瑛下車後跟那男人坐在小店裡面最裡頭的位置，那男人用一種很親切的笑容在跟櫃檯的阿姨點餐，瑛坐在店裡滑手機，兩個人話不多，很多時間兩個人都在滑手機。

於是我也打開我手機的 What's App，看看瑛是不是在線上，結果並沒有。

如果瑛跟那男人都不說話，只在滑手機，到底是什麼關係？

會不會只是親戚？

還是說，瑛根本已經發現我在跟蹤，而用手機通訊軟體在跟那男人交談？

下車吧！

走上前去打招呼，就算這是最後一次，你也確定你要什麼，不是嗎？

我這樣跟自己說著，也一直看著自己的 What's App，就要下車的這個時候，瑛上線了，我又回頭坐好在車內，我們倆都「在線上」，我抬

頭看見店裡面的瑛也正看著手機，但沒打任何字。

瑛上線是為什麼？
等我出聲？

十秒過去。
對面那個男人低頭喝湯，瑛跟我都面對著「在線上」的 What's App，
無言。
頓時，瑛下線，起身，跟那男人一起買了單，結束了一頓消夜。
男人送瑛回去，還給了瑛一個擁抱。
鐵門拉下後，瑛又上線，那個滿是螢光星星貼紙的房間亮燈起來，我
們倆仍然在 What's App 無言的狀態下，一下上線，一下下線，頓時我
覺得天都快亮了，原來只是月光到了頭頂，讓已經習慣在黑暗中的公
雞，也胡亂叫了起來。

我睡在車上，打開天窗，看著車頂的月光，我想起很久很久以前，也
曾經有一個人問我：

為什麼只要讓我一覺得美好的人或事，就會離我遠去……

通靈

「那麼早？」

好在這個小鎮還有「搖搖冰女孩」，我到了她主持的寺廟裡跟濟公上了一柱香。

旁邊還有一個房間，是她幫人求桃花、求貴人跟藏著很多佛經的工作間。

房間內還有一張「搖搖冰女孩」從頭頂流下鮮血，拿著刀、兵器與法器，被濟公附身，站在一片鞭炮爆炸的煙海中，驚天地泣鬼神的巨幅照片。這個畫面在過去跟瑛在一起的日子裡，是我們共同追隨的震撼。

寺廟在一大片花田裡，廟裡的虎斑狗正追著花叢間的蝴蝶，傻得讓整夜沒睡好的我露出了微笑。

她煮了一壺熱水，開了一罐新的春茶，算慶祝我遠道而來的久別重逢。

「我已經很久不幫人求感情了！」

「為什麼？」

「因為都不會ㄓㄨㄣˇ啊？」

「啊？你是說老天不准的准，還是說求了都不會準的準？」

「很多做老婆的都過來跟我求夫妻復合。結果很快，我一做完法事，老公就立刻回來了，但她還是用以前的方式，跟她老公碎碎唸，老公最後還是受不了，還是跑到外面去找小三。所以你說，如果你求再多，但你個性就是不改，準也變成不准。」

我很喜歡聽「搖搖冰女孩」講道理。

因為很少接觸到女孩子從事這樣的工作，她這身被濟公附身的身體，

常常都要承受肉身的折磨，尤其是在遶境時，每到一個新的寺廟，起乩的時候，都會拿著刀砍自己的肉身及兵器猛搥自己的頭顱，直到血流如注，再由旁邊的人員不斷從口中噴酒，抑制血流的速度，那個血流如注的肉身，是濟公在藉由這個身體對周遭所有的小鬼孤魂示威，以及怒斥你來自這人間對死亡的恐懼。

那種必須折磨肉身的堅決及靈魂穿梭時的奉獻，吸引我一直想對這世界的一切探索。

「那是因為我什麼都不會做，只會做這個啦！」她把茶杯內沒喝完的冷茶倒掉，幫我倒了一杯新的。

「搖搖冰女孩」今天早上並不是想說什麼謙虛的理由，她想讓我知道更多實情。

「我 17 歲的時候最恨的，就是為什麼我會通靈？」

「妳不要一邊講一邊笑，這樣我很難去判斷妳說的話到底是不是認真的！」

「你知道我第一次被人說不準也是在 17 歲那時候，其實我起乩報明牌，都是神明告訴我的數字，準跟不準，都是神明告訴我的。有一陣子，突然不知道為什麼，那一兩個月報的所有明牌全都不準，那些之前捧著錢來送給我爸媽，說要幫我蓋廟的人，都揚言要來拆房子了！我最記得那時候我騎機車，紅燈的時後，停在路口等綠燈，被旁邊人發現我就是那個報明牌不準的人，就直接踹我，當場就在十字路口打我，也不管我是個女生，就說是在替天行道！」

我被「替天行道」這四個字的理由給震懾住了！

「於是我就逃家，如果身體有感應，我就叫人把我綁在床上，不讓神明來上身，晚上就自己在那邊哭喔，哭著跟神明說祢去找別人啦，就是不要來找我。」「但祂不放棄妳？」

「ㄟ，沒有喔，該怎麼說，如果神明的字典裡面根本沒有『放棄』這兩個字，不知道你會不會懂我的意思咧……你一直說『祂放棄我了』或是求祂說『祢不要放棄我』，那神明的字典裡根本沒有『放棄』這兩個字啊，你一直用這兩個字跟祂這麼說，祂就是會覺得，是你不懂啊，是你沒想在跟祂溝通啊！」

我好喜歡她這個「放棄」的說法，但沒想到，她接下來所說關於一切「回來」神明身邊的過程，更為曲折。

「我有一個最好的姊姊，比我爸媽都疼我，我離開這裡去工作五年，才知道她感情被騙了，下海做了陪酒的，做了陪酒的之後，居然還是相信感情，但她每次只要相信感情，就會被騙，騙到沒錢，她來找我，我就說我們一起開泡沫紅茶店，妳不要再跟那些人混了！」
「後來呢？」
「你有聽過可憐之人必有可恨之處吧？」

我不敢猜是否「搖搖冰女孩」恨了她姊姊，但我想，姊姊應該又愛上了讓人可恨的男人。

「你信嗎？我都恨！恨那個男人，也恨我姊姊，恨那個男的又騙了我姊的錢，我跟她說過那個男的妳不能信，她說我這種人連老天都不信

了，當然也不會相信她！」

「妳姊姊後來跟那個男的走了？」

「沒有，是我走了，我把店送她，說我不要了，也不管了！我心裡想我那麼愛妳，妳怎麼會認為我有一天會不信妳。結果她們倆真的把店弄倒了，也可能是那時候泡沫紅茶店在台灣一下子開的太多了，客人開始對這種店沒興趣了，所以每天客人越來越少，紅茶店欠了一屁股債，那個男的躲債跑路去了，我姊上吊自殺！我當天晚上從外地開車趕回來，車上還載了一群朋友，結果當天晚上出車禍，車裡其他三個人都當場死掉，只有我一個人活下來。」

我面對這個突如其來的事實震撼著！

「所以，觀世音菩薩對你真的很好，祂在夢裡跟你說的話，都沒來我夢裡跟我說過！」

我很感激「搖搖冰女孩」用這個比喻提醒我擁有最大的幸福。

她換了一壺新茶。

「那麼多人同一個晚上離開我，可是沒有人來踹我，如果有人來踹我，要我賠命來，我一定會立刻把命給他，但都沒有。回到家，五年都沒回的家，放了東西，我就到了鎮上的媽祖廟裡跪著，我想如果這是神明要我回來的方式，我就回來。這一切都是我不夠用功，如果我能在神明這邊多用功，可以藉由我去點醒姊姊什麼，一定可以給姊姊希望，可能我那天晚上，也不會開那麼快的車……」

我把茶壺拿來，要幫她倒茶。

「ㄟ，你忘了，第一泡不能喝。」

「哈！對，我聽得太入神了！」

「其實第一泡茶就算喝了也沒那麼嚴重啦！就像我 17 歲會通靈，其實只是神明在我身上剛泡的第一壺茶，祂讓你給某些人中獎，不是因為神明選擇我報明牌讓人覺得我很厲害，而是那個人該在那個時候有中獎的命，或是說這個小鎮在那個時候，這一群人應該給他們該有的獎勵，但當神明覺得他們得到的已經夠了，當然就不會再一直給，一直給就是害了他們！所以，我報的明牌當然會錯，只是我太依賴那個因為報得很準，而終於得到在這個家被我爸媽、姊姊、還有這個鎮上被所有人看得起的眼光，我需要那個眼光，以為自己也就應該一直準下去，以為我自己是神，或是神明怎麼就這樣放棄我了！但這一切，都是我修行不夠，不懂得跟神明去溝通真正心裡的事，只會在意別人是不是一直用看神的眼光看我！」

我們倆喝了第二泡茶，這一泡的香氣想讓人一直閉著眼睛。

「我跟你講一件事，很多人其實不知道自己根本不是在跟神明求保佑，而是要神明聽他們的，去實現他們要的，那這樣我問你，到底誰是神？」

#沒變

「如果⋯⋯已經有新男友或是跟以前的男友復合都沒關係，我會祝福。」
「其實你還是一樣，沒變。」

瑛走在我前面，跟我們以前一起散步的節奏不一樣，夕陽刺眼地灑在我們臉上，有溫度但卻讓我們看不見對方。
「我沒有跟任何人在一起，如果有，我會當面告訴你。」
「當面」那兩個字，讓我知道，其實那天晚上瑛看見我了！
「新裝潢的樣子很好看，我有去洗過頭。」
「謝謝，裝潢成這樣，只是因為我習慣了。」

這是我從京都回來做過最恐怖的噩夢，我醒來把身體從床的這邊滾到平常瑛睡的那一邊，床還有瑛睡過的形狀，枕頭的棉花都還聞得到我們喜歡的洗髮精香味⋯⋯⋯⋯
為什麼這個噩夢這麼恐怖？是因為瑛發現我的跟蹤？還是「其實你還是一樣，沒變。」這句話透露的不是熟悉的甜蜜，而是越看越膩的抱怨。

我抱著枕頭坐了起來，其實，真正讓你醒過來的那句話是：
「只是因為我習慣了。」

這就是我最怕的事，對嗎？

我再打開 What's App，想看看瑛今天最後一次上線是幾點，結果依稀停留在我跟蹤瑛那天的深夜。

你知道第一次讓我對瑛跟我之間的關係感到恐懼，是什麼事？

那是一個疲憊的深夜，我們停好了車，要進電梯，突然瑛嚇了一跳拉住我。

「怎麼啦？」

我完整看見瑛的眼神像一朵含苞待放的花從一身緊緊捆綁的恐懼綻放成柔和的喜悅。

「是貓，對嗎？」

對於一個從小就跟狗一起長大的我來說，貓是一個雖然很美，但就有一種隨時會走或是讓你覺得自己熱臉貼冷屁股的自私感覺。

這隻黑白貓卻在三秒鐘內改變我所有偏見，這完全是因為瑛。

那隻黑白貓比我的手臂還小，整張臉像是剛被摩托車的排氣管噴了不止多少口的黑煙，燻的黑漆漆的，那雙很想睜開看清楚眼前是誰的貓眼睛望著瑛，接著用一種很微弱的溫柔叫著我們。

「怎麼辦？」瑛問。

「什麼怎麼辦？」我問。

「煙燻雙眸黑白貓」在我們電梯門關上的時候，又叫了一下。瑛立刻把電梯門打開，把頭探了出去，然後慢慢的往貓那裡走，我把自己的腳卡在電梯門中間，好讓電梯等我們。

「牠沒走，怎麼辦？」

「先上樓，如果我等等下樓牠還在，我們就……」

「就怎樣？」

「就當我們倆的小孩，養牠。」

我居然剛剛對瑛說了「養貓當成我倆的小孩」那句話，完全沒想到我們家已經養了一隻狗。這隻叫 Ocean 的狗，是在跟瑛相愛之前認養的流浪狗。

瑛進了家門，Ocean 像往常一樣熱烈地迎接我們，但我卻很快地再進了電梯，因為看見瑛那份期待我們可以有一個小孩的神情，讓我立刻按下往地下停車場的樓層，當電梯門再度打開，貓叫了！

「煙燻雙眸黑白貓」果然還在那摩托車上等我，然後張開眼睛看清楚我了，那眼神像極了瑛的微笑。

「小貓咪你來，你要是來，就做我們的小孩。」

其實我根本沒抓貓的膽量，我想如果要養，一定要有緣分，如果連這句話牠都聽得懂，就是我們有緣。

「喵～」

牠跳下車，過來了，走進電梯，走進我的腳邊。

「你真的聽得懂？你真的想做我們的小孩？」牠沒走，我們一起看著電梯門關上，我蹲下來在電梯門又快要開的時候，鼓起勇氣抱起了牠。

瑛一聽到電梯的聲音，就把家門打開。

「牠真的自己跟我上來了！」

瑛一把把貓接過去，這時候 Ocean 一看到我們抱了一隻貓，嚇得往後退了兩下，這時候「煙燻雙眼黑白貓」一看到 Ocean，也嚇得躲在瑛的胸懷裡。

「Ocean 不要怕，你看爸爸也愛這隻貓，牠是我們的一份子，你看……」我為了要降低 Ocean 的緊張，抱著正在抱貓的瑛，「煙燻雙眼黑白貓」更是緊偎著我們倆的懷裡，我接著吻了瑛，越吻越深。

「我們有孩子了！對嗎？」我把鼻尖磨蹭著瑛的鼻尖，「煙燻雙眼黑白貓」喜歡這樣的擁抱，發出溫柔的叫聲。

Ocean 跟瑛一直陪著我對「煙燻雙眼黑白貓」做的所有事，洗澡、吹風、喝牛奶…………

「怎麼辦？牠鼻子跟嘴吧邊的煙燻我洗不乾淨。」

不知道是不是煙燻貓沾到了機油還是被人惡作劇用奇異筆塗過，牠的鼻子就是有一條黑色飛揚的鼻涕線條，以及還沒長大卻有如熟男一般的小鬍子跟傳統戲劇中媒婆角色嘴邊必會有的一顆三八痣。

「那是牠的毛色啦！」

果然剪了十幾年頭髮，又懂得髮流的瑛，一下子就分辨出這是這隻貓天生的花色。

然後我們倆大笑，因為天生就帶著這麼多表情出生的「煙燻雙眼黑白貓」，好像隨便一個眼神就會使那些表情，充滿幽默的搞笑，眼神迷濛時，那些看似又像鼻涕、小鬍子與三八痣，變成是瞧不起你又受不

了你的小委屈，當牠眼神飛揚瞳孔放大時，那些鼻涕、小鬍子與三八痣就變成了搞笑逗你開心的調皮蛋。

「要叫什麼名字？」瑛問我。
「Moto 如何？既然是在摩托車上撿到的，就叫牠 Moto。」
瑛很喜歡這個名字，最妙的是我們一喊這個名字，「煙燻雙眼黑白貓」就回應我們一聲貓叫。
Ocean 也會回應一聲哀鳴，我都會在這時候大笑，但瑛會為了這個不開心。

「Ocean 在吃醋了，你不可以抱貓，這樣 Ocean 會很難過！」
「不會的，牠是也想跟 Moto 要好，Ocean 是想加入我們！」
「不是，Ocean 會怕你失去他，你不可以這樣。」
我發現瑛是真的認真起來了，我看著家裡兩個毛小孩跟瑛一起望著我的表態，我真有點不知所措。
於是，我為了證明 Ocean 跟 Moto 一定可以相處，常趁瑛不注意的時候，讓牠們兩個接觸，沒想到 Moto 雖然小小一隻，但使出牠的貓拳完全俐落無比，拳拳揮得 Ocean 還沒意識過來，已經跑掉了！

Ocean 完全變成一隻明知不可為，卻非要接近 Moto 的大笨狗，因為牠跟我們一樣完全不懂貓，不知貓咪的心機，以致於牠每次自以為在跟蹤 Moto，其實根本是 Moto 在等牠跟得更近的時候，回身來個連環拳，再把 Ocean 揮的哀哀叫。
而貓就會跳到我們都找不到的地方，留下哭泣的 Ocean，跟我們討抱抱。

「會不會眞的沒緣？」瑛問我。

「不會啦！才一個禮拜而已！」

瑛一直喊著 Moto，但是 Moto 就是躲起來，不讓我們抱。

果然，隔天早上，我們趕著出門工作的時候，Moto 趁著門一打開，衝出去，往玄關的一個逃生門跑走，速度之快，讓我們分不清牠是往屋頂上跑還是往 20 幾層的樓下跑，我跟瑛一陣驚慌，眼看要上班的時間緊迫，我選擇先送瑛去上班。

「牠會不會是跑回去去找牠的同伴？或是牠的媽媽？」

「……」

「牠絕對是受不了我們了！」

「不要想那麼多，先想怎麼找牠比較要緊。」

「就算牠回來，如果還是要跑，怎麼辦？」

「我有信心，給我機會？好嗎？」

果然這讓我陷入一場體能的作戰，我送瑛上班之後，回來嘗試在每一層的樓梯喊著 Moto 的名字，這讓我爬了 20 幾層的樓梯，然後又爬到屋頂的機房角落，看看牠會不會窩在任何一台機器旁邊取暖，結果全都無功而返。

我很捨不得看見瑛回家看著我在電梯內貼著尋貓啓示的哀傷表情，我說等等我立刻再去社區的中庭花園或是停車場找。

「帶著貓飼料，因爲現在是吃飯時間，Moto 一定餓了！」

「好！」

「帶著 Ocean 吧！」

「眞的嗎？不是怕牠會怕狗？」

「說不定 Ocean 可以聞到牠的味道。」

果然，Ocean 沒讓我們失望，一下樓就聞到味道，讓我們發現這個社區的角落，居然到處都有流浪貓，但就是看不到 Moto。

我嘗試在停車場喊著 Moto 的名字，心想若牠聽到就會回應我們。但瑛說別喊了，說應該是沒緣了！

「牠應該是有聽到，但沒緣分了！不要找了！你明天安心回去工作吧！」

「還沒到 72 小時，如果這樣不吃不喝，撐不過 72 小時的，而且牠也沒跟其他的貓在一起，一定落單了！」

「說不定牠是回到原本主人的家！」

「不可能！」

「爲什麼你那麼肯定？」

「因爲我在全社區的電梯都貼了 Moto 的照片，絕對這社區的每個人都看到了，如果 Moto 是社區的人養的貓，一定會通知我的！對嗎？」

瑛覺得對。

「不要讓我們的想像力放棄了這隻貓，我們要冷靜。」

「如果眞的沒有緣⋯⋯」

「不要說這個！」

「一定是我們太逼牠要融入我們了⋯⋯」

我吻了瑛，瑛不喜歡用這個方式。

「我不喜歡這樣。」

這是我第一次對瑛跟我的感情有了恐懼，因為我如此對於失去的抱持希望，但瑛只求一個瀟灑的成全，只要彼此的適應是來自一種勉強，就該放手讓它去吧！

那一晚我們在床上都不說話，誰都睡不著，瑛從我後面抱住我，把頭埋在我的後背，我想轉過來吻瑛，瑛不讓。

「我喜歡這樣抱著你，不要轉過來。」

「為什麼？」

「不要看著臉，不要看到任何表情，這樣才能感受到真正的你在想什麼？」

「我想什麼？」

「嗯！表情是最容易假裝的，話也可以是欺騙的，心跳才是真的。」

「可是我的心在前面啊？」

「不！在後面，因為面對我是你想要面對我的樣子，我要聽你被我抱著的時候，心是怎麼跳的，因為我的頭正好可以整個陷在你的背裡面，被你的心臟包住，這樣聽才更真。」

「那我的心現在說什麼？」

「噓……不要說話，不然我感覺不到！」

我那晚感受瑛有一種好強烈的不安全感傳到我的心臟，似乎是如果有一天我們倆若到了沒有緣分、太勉強彼此的時候，我要學會放手。

第二天早上，我照例送瑛去上班，我承諾瑛，今天一過，我就會放手，不再尋找 Moto，恢復正常的生活。但就在回家沒多久，我接到鄰居的電話，說發現一隻被咬很多傷的貓站在他們車頂上，而鄰居的這台車就停在我的車對面。

第73小時，Moto 真的回來了，而且如果沒錯，牠一直躲在我的車對面，觀察我跟瑛。

「那貓呢？」

「我們抱住牠了！牠現在全身是傷，好像被很多貓咬了！你要趕快帶牠去看醫生！」

那天之後，Moto 跟 Ocean 找到一種共處的方式，而我們也常常一家四口去旅行，直到一年半前我的生日後，這個家剩我們三個。

變成沒有瑛的日子，Moto 一度很憂鬱，直到有天我坐在瑛常坐的沙發位置，牠才跳上我的身體，用窩在瑛身體裡的方式窩著我，然後我模仿瑛用手騷牠的背，我才理解其實 Moto 最想念的是瑛，可能是因為瑛有比我更理解牠的方式。

但那個理解是什麼呢？

我每次這樣問 Moto 的時候，牠總是翻牠全身的正面給我，要我摸牠的肚子。

我覺得自己被牠奴役到沒有尊嚴的地步，但是我沒有怨言，因為我總覺得 Moto 是神明派來教導我人與人的相處，不見得是如狗一般死心塌地的忠心，而是有一種觀察後的尊重，更或是家人的愛，應該有一種甘願以及一直讓自己保持一種不讓對方習慣的吸引，充滿新奇。

更或是，該放手的時候，就要放手，這樣該回來的時候，就會回來！

我打開電腦，看見今天是星期天早上四點。

#從前慢

早安！
不知道你是什麼時候看到這篇文，因爲寫這篇文章是星期天早上四點，
所以希望這句「早安」能讓你有一種「這又是一個新的開始的感覺。

今年我已經不只一次在早上四點鐘自然醒來，因爲拍片的原因，常常
都是早上五點鐘出發的通告，所以四點一醒來後，便先開始遛狗餵貓，
也在遛狗的同時，一邊看著等等要去的遠方那邊天空的雲朵感受天氣，
還有溫度可能會有的變化，腦子裡也整理一次今天要工作的一切流程，
好讓今天的創作能夠在一個穩定的狀況。

這樣的早起，即便到現在戲已經殺青，我還是一樣。
因爲我發現我可以在這早起的時間，想從前。
想從前的你我。
想從前誰還在身邊的時候。
想從前的某種「慢」。

等一個人能慢、喝一杯咖啡、一杯茶能慢、燉一鍋好湯要懂得慢、約
會的時間跟牽手的時間也要很長很慢、愛一個人、疼一個人也順著對
方而慢……
最早追一個人的「那時候」，西門町的衡陽路是許多公車的最後一站，
這一站是玩樂西門町的開始，當然也是回家的第一站。

這個公車總站總是很多人，但很多人都不是等著要上車，而是等下車的人。

那時沒有捷運，公車速度不快、班次也不多，如果出門約會前在家準備太久，一不小心沒搭上某個時間點的公車，那場約會必定遲到至少半個小時。

所以這一站，總有很多「一個人」等「另外一半」的情侶。

我也曾是。

我記得自己最高紀錄曾等了兩個小時，才等到對方出現。

那是我這輩子最難忘的兩個小時。

第一個半小時，我是巴望著每一輛公車下車的每一個人，就因為曾巴望過每個下公車的人，所以非常知道那種好不容易終於坐到總站下車，想看到站牌旁有沒有「那個人」在等我的表情。

你知道那表情長什麼樣子嗎？

全都像婚禮時新娘頭紗要掀開來的害羞與慌張、喜悅與矜持。

但那天在半個小時都等不到「那個人」之後，我便懷疑自己現在到底是被放鴿子，還是我的對象已經被父母發現而「禁足」？

我想打電話給那個人。

但我又怕，若對方沒被禁足，只是不小心為了準備這場約會而慢了出門，如果我這麼沉不住氣的打電話到對方家中，對方正好已經出門，而對方的父母又聽到我的聲音，不就知道是跟我出來約會？

所以我急中生智，打給對方的閨蜜，拜託閨蜜打去，看看對方出門沒？
那時候沒有手機，任何事只靠一句「約定」。

公用電話在衡陽路總站並不難找，可是打的人很多，必須排至少五個人以的隊伍，因為大家都跟我一樣，都在等一個人。
你知道當我打了電話拜託對方的閨蜜後，還要一件重要的事要做，就是要重新再排一次隊，重新再打一次電話給那個閨蜜，因為你一定要學會追蹤，問問閨蜜剛剛與那個人的電話聯繫成功與否？

「出門了！確定出門了！」
一聽到這句話，像是確定從此以後，愛情就會有美好的將來一樣而教我開心。
可是，這只是等待的第一小時，應該最慢還有半小時，對方搭乘的公車就會到站了吧，於是這半小時我又看了每一個下車乘客的臉⋯⋯

都沒有。

我懷疑自己的幸福是不是已經過去了？
還是，對方的公車，是不是出車禍了？

那些過去因為愛而有的豐富想像力，現在卻變了快殺死自己的武器。
你身邊依然很多人，只是重新換了一批跟你一樣在等待的人，你可能也因為懂他們表情後面的心情，至少不感覺孤單，但你的對象，現在就是狀況不明⋯⋯

明明約會還沒碰面，但你整個人完完全全都給了對方。

就在你想放棄，難過又恐懼的要從這個總站搭車回家的時候，對方終於出現了！

我忘記對方遲到那麼久的原因，但我們那天在衡陽路的車站，有了又短又深的擁抱，我們趕快離開這個總站，只想要今天的約會趕快開始，趕快把握今天天暗前最後的時光。

我並沒有因為過去曾有過這樣的等待、有過這樣的慢，而在現在面對感情甚至其他任何事情的時候，懂得放慢自己，或是面對剛剛對方明明幾點曾經上線但卻「已讀不回」的事實，能比較理智。

甚至，因為身為一個在飛快速度中還必要凡事準確的媒體工作者，我更會為了那些「已讀不回」而焦躁以及一直相信「人無壓力輕飄飄」的挑戰，常常讓自己賦予重任或強烈的自我檢討。

我曾在時尚與金融影響巨深的紐約，發現早上才十點鐘，街頭的報紙已經打對折半價出售，也曾在一個月內出入機場海關八次，只為了抵達另一個國家開一場會……

我知道「快」是我工作的節奏與能力的評估，但我現在因為每天給自己一點獨處的時間，漸漸發現人生中那些可貴的價值，不是來自快慢的速度，而是因為懂得「慢的溫度」與「快的把握」……

如果慢是一種能讓感情持續的「恆溫」或品嚐感情的「回溫」，快在感情中就是一種即時問候與把握，快是讓你知道我如此在乎，慢就是恆久的安全感……

快慢讓我們擁有最美的舞步，可能對你來說，我永遠是個拙劣的舞者，但就因為我的舞步拙劣，有拙劣的傻，有一切會變好的空間與期待。

我四點起床，看見天很快就亮，回憶也很快地浮現，但我慢慢的泡茶、慢慢地想、慢慢地整理，於是整理好似變成那些很快被熱水漲開的茶葉清香……

原來我一直沒有能力很快把誰忘記，而是我已經知道，現在誰能讓你有面對快慢的智慧與勇氣，就是你想要的恆溫永遠。

早安！

#期待人生中第一場雪！

那篇日記登在臉書之後，瑛打開了 What's App，雖然沒有留給我隻字片語，但我想挽回這段感情似乎有了一線生機。

我開心的在家大叫大跳，但卻發現瑛在臉書上打卡，地點在「首爾」。照片感覺得出來，是別人幫瑛拍的。

「期待人生中第一場雪！」

我感覺自己在練習心不受嫉妒的影響，從自己的五官中爆炸出來。瑛是一個出生在平安夜，卻住在廟旁邊的小孩，很多人都會慶祝這一天，但都是爲了平安夜，很多人也會在這一天剪頭髮，是爲了晚上與情人的約會，所以這一天從小到大並不會完全屬於瑛。

「如果有一天我生日能看到雪，我一定會把雪人打扮成媽祖、濟公或是觀世音菩薩！」這是我第一次幫瑛過生日的晚上，瑛說過的願望。
「那我們明年出國，去可以下雪的地方？」
「不行，那我的客人怎麼辦？平安夜都是熟客最需要我的時候，你也不看看今天都那麼晚了，哪都不能去？」
「試一次啊？」

再過四天，就是平安夜，換成是你，你會怎麼做？

＃我想回到京都
　愛情最多的地方

我想回到京都愛情最多的地方。

回到鴨川、回到戀人會攜手的下町柳,回到人多的地方,我想看看自己今天這個週五晚上可以再遇見什麼?可是當我越這麼想,我反而越是看到街上同樣與我是一個人的旅客或是京都人。

夜晚的三条到四条間的京都,若沿著長瀬川走,多的是有品味的雅痞與一群想喝酒的上班族,到了錦市場,又是一群開心的觀光客在一家家店門口排隊,那裡會是我今晚可以遇見跟我年齡相仿京都人的地方?

黑夜任何有光的地方,都會讓人興奮,那些光裡面走出來的人,或是黑暗中的嬉鬧聲,會讓你身體與靈魂的嗅覺更為敏感,你會感受他們剛剛是從哪個地方來,又要往哪個地方去。他們走路的節奏與迎面而來的笑聲或是無語,你根本也用不著地圖,好像你自己的五感神經就會有那個直覺往那個聲音及光線走去,像是黑夜的螢火蟲,對你發出特別的訊號。

我連續在兩個酒吧裡喝酒,在一個有長酒吧的酒吧裡,我幾乎喝醉了,那個 Bartender 一直跟我說他喜歡的人去台灣發展了,他很想知道我們台灣男生對於愛情到底在乎的是什麼?跟日本男生一樣癡情嗎?

我不知道怎麼回答他的問題,陳敬一直猛 call 我現在到底在哪裡?

我忘記我最後是怎麼跟陳敬碰面的,醒來時我已經一個人躺在四条的旅館床上。

#綁你，還是不綁你？

一早在便利商店找當地的雜誌了解京都這個城市正在想什麼，
沒想到命理雜誌與勵志書，是便利商店出版品中最多的項目。

一杯濃縮咖啡後，我往「清水寺」走去。

清水寺好像跟上次不一樣了，因為冬天的原因，沒有任何茂密的樹葉
與花朵的隱藏，整個寺廟好像被大自然剝開看到它原始的模樣，蕭瑟、
蒼涼、強壯、巨大與堅忍。

我再度拿出我包包內貼著那張凶籤的日記本。

不知道為何，就是不想把它綁回這裡，我相信那天夢裡觀世音菩薩告
訴我的：這是祂費盡千辛萬苦提醒我的一張籤，這是一份禮物，我應
該好好的保存下來。

**「菩薩啊！讓我相信　所有的安排，信任生命中的殘缺與寂寞，讓我
保有幽默感，而不是嘲笑，讓我知道　一直懂我，讓我學會在努力解
決必要的等待中與我的恐懼共處。」**

我沒有任何目的性的祈求，那不是因為我已經壯大到無所畏懼，或已
滿足於現實的一切，而是我一下子湧現了太多過往，不知該如何整理。

我想丟掉一切重新開始，但又懷疑我丟掉的，是不是該重新把握？

我來京都是想重新開始，但所有重新開始的關係一直讓我矛盾，我更想如「搖搖冰女孩」提醒我的事，重新開始去找我跟神明之間的關係，信任這份關係帶來的所有安排。

「我來這裡是想親口告訴祢，想親自再見上祢一面，可能祢又會笑我，又開始搞混我跟祢的關係，因為，祢，一直在我身邊，對嗎？我該相信，是祢要我來的，祢要我在接下來旅行中的每一天面對我的焦躁不安，然後，請祢用各種方式充滿我，讓我領略祢想給我的智慧。」

才離開大殿沒多久，有塊大朵的烏雲，把太陽遮住，衝向我們，天空馬上飄下了大雨，大家笑鬧的跑了起來。
我躲在一處茶亭，點了一杯抹茶跟紅豆湯圓，大雨把清水寺百年的木頭氣味弄得很明顯，一下子沒有太陽的溫度，使這個冬雨更顯得冰冷，所有食物沒送上來之前，這個茶亭完全靠湧進來人群的體溫，暖著發抖的指尖。

我跟一名婦人共享一張板凳，我從她的打扮猜不出她的年齡，但我們同時接過女侍送上的抹茶時，我看到了她的雙手，那是一種做過無數家事的手，那雙手一定拉拔過很多人長大。
當你觀察別人的同時，對方一定也觀察你。
她看見我拿起相機拍著這場雨讓我享受的抹茶與甜品，她用那雙手輕拍了我的肩膀，用日語似乎告訴我說，有個比甜品更重要的東西應該要讓我拍。

「不是日本人？」她用簡單的英文回應我一臉的猜測。

「不是。但我可以懂一點點妳的意思。」

她於是開心的從她的包包內拿出一本搜集各廟宇朱印的本子，她說今天是一個特別的日子，因爲只有今天清水寺的朱印才寫這個幾個字，她是爲了今天而來。

「給你拍。祝你幸運。」

我不是不敢接過那個蒐集好多廟宇朱印書法的本子，而是她的笑容讓我想起了我的媽媽，永遠不像個媽媽，像個少女，天眞又開朗。

「幸運的今天，眞的，給你拍。」

她又用那個笑容把本子作勢遞給我，我爲自己剛剛的停頓不好意思，很快地接過來按下快門，但我老是對不準焦距。

「你是幸運的，如果不是因爲這場雨，我們不會遇見，這個本子是菩薩要讓你看見的幸運。」

我總算把焦距對準，按下了快門。

＃讓人隱型的藥水

「後來你怎麼找到我在哪一家店？」
「你就一直在電話中說有個很長很長吧檯的那家。」
「我真的這麼說？然後咧？然後怎麼會找到我？」
「吧檯把電話拿過去，然後把地址分享給我，我就去接你了！」

陳敬告訴我，怎麼把爛醉的我，從酒館帶回去旅館的過程。我真想找
個地洞把自己埋了，消失在這個世界上。
而且我萬萬沒想到，我怎麼會開始用這種方式旅行。

「鼎哥，我看你根本就渴望這種旅行，你一定在台灣太壓抑了！」

你呢？你最渴望那一種旅行？
「環遊世界」在青春期並不是我最大的渴望。不知為何，總認為如果
旅行只是地圖上的征服，是一件非常浪費青春的事。
但我渴望自己有一天能找到一種讓人隱形的藥水。聽說喝了之後，就
可以在時間內變成隱形人，停在任何人一個身邊，進入他的生活、聽
聽他們的對話，甚至看看他們一個人的時候，都怎麼跟自己相處。

那樣悄悄的又堂而皇之進入對方世界中的旅行，是我青春期中幻想過
的一種旅行方式。
19 歲大學落榜後的第二天，我雖然沒有得到我這一生最想要的隱型藥
水，但我卻因為一個「長吧檯」進入了好多不同年齡的生活……

會有這個經驗，居然當時也只是出於一個「念頭」。

這完全是因為我們三男兩女都落榜的死黨，想在這個夏天狠狠賺一筆錢，然後拿這筆錢參加重考大學的補習班。

但一個夏天哪能賺到幾萬塊的「大學保證班」學費？

「風化區！去風化區打工最快！敢不敢？」

說這話的是我們當中年齡大我六個月的女生劉芬。

劉芬，在後來人生的 20 年，真的是我們這群人當中最會賺錢也最早踏入「演藝圈」的人，但她的每一個創意都在當時不被市場接受，她的失敗完全都來自於她的眼光比時機快，以至於別人還沒懂她，她就閃了。但當她閃後的一年，這市場一定會有人因為跟她做了一樣的事而發大財或是被大眾關注。

比方說，劉芬知道要讓觀眾記住她，一定要在大家的眼中創造一個「記點」。

她很早就發現，「染髮」是一個創造「記點」好方式，所以當李玟還沒有以一頭紅髮、穿著大風衣唱《Di Da Di》的前五年，她就跟她的夥伴組成女子團體，一頭紅、一頭金穿著長大衣與熱褲演唱，甚至還一邊跳舞一邊下腰劈腿，但當時電視製作單位只擔心她們作風怪異，怕受到衛道之士的觀眾或是新聞局抗議，所以電視台的主流節目都不太有興趣邀請她們。

五年後當我看到李玟幾乎是一樣的裝扮唱著《Di Da Di》，然後連我到上海工作，上海外灘的酒吧或高級舞廳的女服務員全都是這身打扮，

並且以這個打扮為榮，我那時真想找劉芬好好喝一杯，但那時她已經又「閃」去做高級名牌服飾的 outlet 販售！

現在想想，那天晚上她說我們去風化區打工，應該是這 20 年來，唯一一次一起真正賺到錢，也最難忘、最「閃」的日子。

「敢！我敢，而且要就現在一起去。」
說這話的人是我。

我當時很喜歡劉芬，那種喜歡我很清楚知道不是愛，而是因為她總是讓人開心，沒有顧忌。我最喜歡聽她說她自己過去每個暑假都去打工賺錢的故事，因為那些故事，讓我像是喝了隱形藥水一樣，進入了很多新奇的世界。

「李鼎啊，你要記得一件事，如果你覺得苗頭不對，或是事情一切都太順起來，你下一步一定要想到一個字，『閃』，除了會拚，一定更要會『閃』！」

實在是因為劉芬渾身都有一種領袖魅力，以及她的身體天生有一種類似運動員的健康美感，所以她總是吸引好多男生女生對她獻出好感或起了占有的念頭，這使她更懂得「脫身」。

她覺得自己不善判斷每個友好的相遇是否都出於善意的友情，但是懂得「閃」是保護 19 歲的自己最好的方式。

她最自豪不管認識多少人，她絕對會把自己的貞潔留給最後她愛的人。

劉芬打工過的地方都很特別，比方說「男性內褲」的企畫部助理，這讓她有機會參與過兩次為新款內褲挑選男模的任務。

「要你選，你會選什麼樣的男模？」
「我還沒自己買過內褲！」
「哈！」

劉芬完全可以用一種非常健康與科學的方式，分析出到底用什麼標準
去選擇能把男性三角緊身內褲穿得最好看的模特兒。

我非常害羞她畫的那些示範圖片。

「男模選擇的重點完全來自於：模特兒『睪丸』的大小與位置。」
她清楚地把每個不同生殖器的睪丸構造畫出來。
「因為那才是影響內褲立體度的關鍵。」
她就是有辦法讓你聽完之後，用不帶成見的角度去理解這些事情。

「你是不是以為，我已經親自檢查過那些角度？」
「是嗎？」

這真的讓我完全的害羞了！

「你真的很笨耶！我只需要告訴模特兒經紀公司重點，然後讓他們自
己去溝通，然後把照片自己拍給我們看，然後我們才做最後的面試！」
「好險！」
「你想試試？不然你幹嘛說好險？」
劉芬告訴我，像我這種內褲都不自己買的嫩男，將來到社會一定會碰
到這種跟我說曖昧話術的人。

「這時候你就要記住『閃』！遇到這種人一定要『閃』，就算不是你閃，那個人也會在你不注意還以為會天長地久的時候，就『閃』了！」

這是劉芬告訴我的邏輯，但我不信。我在劉芬身上聽到的每一個故事，我都在想如果不「閃」，會發生什麼狀況，或是這些事還可以有什麼解決的辦法。
因為我覺得世界上總有種虧要吃，總有個絕境要看見，任何事一定會有解決的辦法，但絕不是「閃」。

「好！李鼎他敢，那大家呢？」

大家沒想到我居然敢贊成去風化區打工的提議，因為連像我這麼斯文的人都不怕了，大家有什麼好怕的。
那天晚上，我們五個真的闖入中山北路風化區每一家貼出應徵「服務生」告示的餐廳與酒店，每家店一看到一進門是三男兩女一起來打工，都有一種怪怪的感覺，都以為我們是來鬧的。在他們的經驗中，這些應徵「服務生」的工作，都是一個人找那種深怕被人認出來的時間入店應徵，怎麼會有像我們這種一群人一起進來，而且非要有「大家一起錄取」的冀望？

其實我猜劉芬根本就懂這個規則，她應該只是想拉著我們一起對這個世界探險，好讓那個落榜的晚上，有一些不一樣的事情，分散我們自以為世界就是這樣的注意力，但她萬萬沒想到，那天晚上十點，我們這幾個人因為進入了一家類似歐洲宮廷般的牛排店，而被全部錄用。

那家牛排店的制服非常高級，男女生全身的打扮都是燕尾西服，雖然沒有任何身體上的暴露，但那套制服完全能表現出你全身的線條。

「先去試穿制服，如果制服穿得好看，全部錄用。」

說這話的是一個約莫 40 幾歲、風韻萬千成熟帶外省口音的女人，一頭美國電影裡的朝氣捲髮，雖然有了年紀，可是整個體態藏在制服內，居然跟劉芬一樣，有一種運動員的扎實。
我萬萬沒想到能把制服穿得好看是我們被牛排館錄取的標準，因為我們五個沒半個人有端過牛排的經驗。

當天晚上我們其中一個叫做張懷生的男生打了退堂鼓，但張懷生明明是那晚穿那套燕尾服最好看的人。
張懷生那個退出卻什麼也不想解釋回送給劉芬的冷酷表情，讓我們其他幾個人有了一種這工作做不做完全是你挺不挺劉芬的價值觀，衝著挺劉芬，大家更決議明天就要穿牛排館的制服打工。
那天晚上坐公車回家的時候，他告訴我，其實真的原因只是他嫌褲子太緊，而且他還有點受不了領班打探他跟我的眼神。
「我不怕，反正有劉芬在。」

我回答張懷生後，張懷生說每個禮拜都會去牛排館看我，也會固定問我工作的狀況，而且他還教我要怎麼跟家人說在什麼地方打工，免得被我爸媽反對。
「如果你爸說要來牛排館吃牛排看你，你要怎麼回答？」
「我會說餐廳會太忙，不要來比較好，我會緊張！」

「笨，你要說：『當然好啊！』這樣他們才不會懷疑你打工的地方有問題！因為他們根本沒有時間來，只是想看你的反應。」

20 年之後，張懷生的職業是一名警官，而且是那屆警校第一名畢業的高材生，最擅長研究犯罪心理。

於是，劉芬、 歐婉婷、李鼎、羅至中我們這四人，隔天真的進了牛排館打工。
劉芬跟歐婉婷被分配到為客人帶位的工作，我跟羅至中則負責端牛排，兩個禮拜下來，我們四人的小費在店內居然最多，但是，我則被叫去領班的辦公室檢討。

「李鼎，你這禮拜當著客人的面打翻兩次牛排，我想知道你是怎麼看這件事？」領班看都不看我，因為她瞪著辦公室門口的我那三個死黨。
「你也很厲害，牛排灑了，客人不但不罵你，還罵我們，認為我們的鐵盤太重，說你可憐，還多給了小費，怕我們罵你，然後，如果我叫你走路，是不是他們三個人也會不做啊？」
「不會的！李鼎從此回家都會好好鍛鍊伏地挺身，而且，說不定這樣小費更多啊！」劉芬馬上插嘴。
「劉芬，妳小費最多，但妳知道這是你們上班的第二個禮拜，也就是大家所謂的蜜月期，等客人都熟悉妳了，就不一定那麼多小費了！」
劉芬知道領班梅姊是個有腦袋的女人，馬上閉了嘴。

「我可以幫李鼎多端一些！」至中馬上自告奮勇。
「梅姊，希望你再給李鼎一次機會！還是說他來帶位，我去端牛排看

看？」婉婷一說，我忍不住笑了！梅姊也笑了！

「我決定了，李鼎，你今天晚上就調到吧檯工作，跟小江好好學切水果、調酒、煮咖啡、做蛋蜜汁、洗杯子，然後，再換另一套有黑圍裙的制服，蝴蝶結不要打了，我就不信你可以把吧檯裡的杯子全都給我打破！」

梅姊一說完，全部人都用眼神告訴我根本是在走狗運了，因為吧檯的制服更帥，工作是一個怎麼看都花不上什麼勞力的爽缺。

「吧檯小江話不多，人家願不願意教你，就要看你李鼎會不會做人，如果你跟小江處不來，就不是我梅姊不願意留人。你們其他三個人也不要給我到時來一個跟李鼎同進退，要知道感恩，懂嗎？」

「謝謝梅姊，我會跟小江哥好好學！」我深深的一鞠躬。

「還有，劉芬，雖然小費不是給我，但我想告訴妳，能一直拿三個月小費的冠軍，才是一個人真的魅力，不然這些客人只是看妳的美色，我知道你劉芬也不是這麼虛榮的女孩兒。雖然，我知道你們四個心裡可能也想這活兒沒可能做多久，梅姊我也不知道你們家裡都是幹什麼的，因為我知道來這兒前提都是賺錢，我沒問你們經驗，是因為我相信人要相處才會知道每個人的個性，一開始面試說的話，都不見得會是真話。但梅姊是想告訴你們，不要小看這家牛排館，也不要小看你跟客人的互動，你們有沒有想過，一個客人一個月能吃幾次牛排？等你們做了一個月，不要從我梅姊身上學什麼，你要是可以從熟客身上學到什麼，才算是你們厲害！」

那天對談後，我想最有收穫的不是劉芬，而是婉婷，她非常服氣梅姊的領導統御方式。

「梅姊很會給人面子，他讓你跟小江學，如果你沒學好，是你學習的問題，也把能不能讓你留下的這個權力給小江，讓他有做頭的面子。」婉婷陪我等公車的時候，特別跟我分析她感受到的一切。

「小江聽說是梅姊特別從別的餐廳挖來的 Bartender ！我跟你說，居然有客人希望我帶位帶到吧檯附近，好像就是爲了要看他，而且還會問我說，爲什麼你們吧檯那個男的都不說話，爲什麼那麼帥？」
「那妳怎麼回答？」
「我就去問小江啊！」
「哇噻！妳眞的跑去問他喔！也太主動了吧妳！」
「我的工作是跟客人互動帶位的店長助理，我當然可以因爲工作的原因去『請教』小江啊！」
「那他怎麼說？」
「就不說話啊！」
「那不是超尷尬的！」
「可是我跟你說個祕密！」
婉婷要我把耳朵靠近她。
「他·就·對·我·笑·了·一·下，然後寫了一張紙條給我！」
「啊？寫紙條？」
「他字超好看，紙條上寫：『下次就說吧檯附近的座位有人訂位了！』」
「爲什麼要這樣？」
「我照做了一次，你猜怎麼樣？那個客人居然說她·今·晚·就先訂這個位子！還說如·果·現·在·把位子讓給她，她會給我小費！」
「太酷了！結果呢？」
「我當然沒收小費啊，也不敢是因爲這種原因而收人家小費好不好，

但是，那個女客人晚上真的來了，小江做了一盤水果讓我免費招待給客人，那客人不但給了小江 500 元小費，也給了我 500 ！」

「真的假的？」

「你要跟小江多學學！我想，你應該是唯一可以讓小江說話的人！」

我才想問婉婷為什麼，她的公車就來了！上車後她還一直想辦法看我，那眼神跟小江不說話的樣子很像，有種匪夷所思的味道。

我永遠記得婉婷上車前說的那句話，以及我就要進入那個長吧檯，看那個不說話表情的恐懼，那是我第一次失眠，因為連放榜我都沒這麼失眠過。

那你會想知道 20 年後，歐婉婷變成什麼樣的女孩嗎？

歐婉婷小姐成為台北最有名一家百貨公司的經理，那百貨公司專門經營女性客層，而且那百貨公司都是跟小江一樣帥氣的男服務員，甚至連門口的警衛都是帥氣的男孩，他們體貼細心不只表現在幫客人上下車開車門，甚至幫她們記下離去時搭車的車號。

婉婷每天管理的帥哥至少 500 個，年收入是我們當中最早破百萬的高薪主管，也是許多獵人頭公司看準的優秀菁英。

#長吧檯

「會不會是因爲這樣,你才那麼喜歡有長吧檯的店?」

我才在想,會不會眞的是這個理由?
陳敬牽著腳踏車,他喜歡散步,陽光好大在身後,影子比人走的快,你壓著自己的影子往前走,但永遠也壓不死那影子,就像我以爲 19 歲的那個夏天我已經忘記,可是記憶就像這條影子,在某個時候,就會走到你的前方,任這記憶往前帶路。
我看了陳敬,發現他其實跟小江好像,不喜歡說話,喜歡用笑容與眼神跟任何一個人相處。

「所以小江也告訴你很多他的祕密?」
「其實小江個性比你瘋狂,因爲他不喜歡說話是假的!」
「假的?」
「因爲他多一顆門牙,他怕人家發現他有三顆門牙,所以他不喜歡說話!」
「怎麼可能?」

這讓陳敬突然停了腳步!我們倆的影子就這樣被一輛汽車輾過。小江的三顆門牙救了我跟陳敬一條命,因爲我們倆聊到到忘了看路。

小江常常救我。
進入吧檯的第一天晚上,光洗杯子,我就洗到牛排館都打烊了,還至

少有一百多個杯子沒洗完。

梅姊結完帳後過來跟我說明天一早再來洗，但我好勝心過不去，偏說今晚一定能洗完，結果打烊了一個小時，洗碗槽還剩八十幾個沒洗完，眼看再半小時後就要沒公車搭，我有點慌了！

這時候，小江居然回來了！

他安靜的進來吧檯，把安全帽放好，頭髮還飄來一陣洗髮精的香味，感覺剛剛洗過澡了，應該是要睡覺的他，好像特別回來看我這個死菜鳥。

「你怎麼洗的？洗一遍給我看！」

我當時就拿起杯子，很認真及用力地搓揉客人的口紅印，然後拚命用水沖掉杯子的清潔劑，再小心的把杯子的水弄掉，放在旁邊乾淨的白布上。

「不戴手套？」

小江一面背對著我圍著圍裙，然後從櫃子裡面拿了一雙新手套丟給我。

「不用了！謝謝小江哥！」

「不用叫我哥，你這樣洗，半個月不到手就會爛掉，手套戴上，逞英雄不是在這上面！」

我這才看到小江的手伸過來，很修長，漂亮又乾淨的指甲，但從掌心的厚度及皮膚可以看得出來，那雙手很有故事。

然後他幫我捲袖子，我緊張得要死，因為那種安靜跟專注讓你既不好意思，又覺得怎麼自己連捲一個袖子都沒他好。

然後他叫你站到後面去，自己走向洗水槽，把那些杯子一個個全部拿出水槽，然後像是跟自己說話一樣，一句句都像是過去叮嚀自己上百次的教訓。

「袖子捲得好，客人就會覺得你專業，而且，公司也沒有那麼多的制服可以讓你每天換。要看這個人是不是一個有經驗的吧檯，就看他的袖口，袖口髒，就永遠是個外行、是個工人。」

我那個 19 歲的腦子一下子被那句：「你永遠是個外行、是個工人！」給擊中了。
那句話太神了，完全打中我是一個沒有生命歷練的人，我不但沒考上大學，而且心裡還真的有些以得到高額的小費與高價的鐘點費沾沾自喜，但實際上我就是個工人，而且是一個光從袖子就知道我是個「大外行」的工人。

然後，一張紙條就貼在我面前。

「他寫的！」
「對！紙條上面寫：太用力、太複雜、太依賴！」
「哇！這也太有哲理了吧！」
「他們這種吧檯老師傅教出來的徒弟，做每件事都一定會有一個道理。」
「可是怎麼會連『洗杯子』都有這麼深的道理？」

讓我為你解析這三個道理：

為何「太用力」？

以前我沒洗過數量這麼多的杯子，都是洗家裡的碗筷餐盤，所以我採用的工具也是四方型的海綿菜瓜布，但這對他來說根本是浪費，也浪費自己的力氣，因爲工具根本不對，應該改用一旁的長柄海綿刷，只要輕輕刷個兩圈，杯子的每個角落都能輕鬆地滑過。

為何「太複雜」？

面對數量越多的東西，過程一定要簡化，永遠不能超出三個步驟。小江的步驟就是：第一層浸泡、第二層洗刷、第三層清洗。

為何「太依賴」？

太依賴清潔劑。

以爲只有清潔劑才能清洗乾淨一切，所以每洗一個杯子，就倒一次清潔劑在海綿上，這只會要用更多清水沖刷，更多的力量搓揉才能讓清潔劑不殘留，這種依賴當然會花我更多時間，並且耗損我的專注力與體力。

「他不是不說話，那怎麼教你？」

「就是做一遍給我看，然後用眼神，那種眼神嚴厲得就像是在問我懂不懂？然後他做一遍，我做一遍，我如果洗的方式不對，他就帶著我的手再做一遍。」

「可是那些道理呢？道理是你想的還是他說的？」

「那些道理都是他後來騎車載我回去，一邊騎車一邊講的，因爲這樣我才看不到他的臉。」

「他還騎車載你回家？」

「我沒讓他知道我家在哪，因為劉芬說不要讓牛排館的人知道我們這四個人太多事，因為我們是夏天一完就要走的人，所以我只讓他載我到家附近，我自己再走一段！」

「你也太神祕了吧！」

「我想也就是因為這麼神祕，才會讓他後來也想了解我吧！」

我跟陳敬在「知恩寺」停了下來，我們倆坐在正殿裡的榻榻米看著寺院裡的陽光，四個青年沙彌正在換殿內的旗幟，雖然是很簡單的工作，卻也可以讓他們一邊笑一邊鬧著，明明是莊嚴的寺院，完全因為沙彌的嬉鬧，像門外的陽光，透過樹葉閃啊閃的燦爛，像難忘的風吹過風鈴，清脆地撞擊出像為誰心動的心跳！

或許那就是青春，我跟陳敬看著那四個沙彌，然後望著這裡想像不到的空蕩，因為「知恩寺」是旅遊手冊上出名的創意與農業市集，是一個交換並分享彼此不同生活與發現一個個讓人心動事物的地方。

「那你到底什麼時候發現他有三顆門牙？」

「第二天晚上就發現了！」

「你做了什麼嗎？」

「第二天我還是洗得很慢，雖然掌握了方法，但我超怕自己的袖子搞髒，結果袖子沒髒，但制服都溼了，最後還是錯過了公車的時間。他送我到了之後，我因為太緊張，下了他的摩托車，就趕快走了，結果你猜怎麼樣？」

「他追過來？他發現這不是你家！」

「他真的追過來，然後說：『喂喂喂！你要帶著我的安全帽回家喔？』」

「哈！你居然戴著他的安全帽走了啊你？」

「我這才發現我居然緊張到下車時根本一直戴著他的安全帽都還不自知,然後他就笑了!」

「你就在那個時候看到那三顆門牙?」

「嗯。」

「你那時是什麼表情?」

「其實我也不知道我那時是什麼表情,但他說……」

「說什麼?」

「他要殺了我滅口!除非我從此以後都聽他的!」

陳敬大笑的看著我,陽光灑在他的側臉,跟他已經汗溼透黏在身體的白襯衫上。

＃你不要弄髒我

那天之後，我就像得到了「隱型藥水」的祕方一樣，知道了很多祕密。
基本上我跟小江的組合，一個白皙一個深邃，我跟小江學會了微笑與
永遠乾淨又捲高的袖子，吧檯內的燈光，常把我倆的專注洗杯子或是
切水果的眼神照得發亮，那完全無害無侵略性的形象，讓吧檯旁邊的
座位每天都被預訂，就算沒坐在長吧檯附近的客人，不時也會來這長
吧檯坐坐，甚至單點飲料，或用高額的小費，拜託小江調出菜單上沒
有的飲料，長吧檯從一兩個客人不時過來坐坐，不到一週後，變成每
天都坐滿了單點飲料與水果盤的客人。

劉芬跟領班她們本來以為客人是衝著我來，因為客人都喜歡跟我聊天，
後來我跟她們說不是這樣的。
因為客人都知道小江不喜歡聊天，但好像全世界的人都喜歡神祕的人，
客人其實可以藉由跟我聊天，而坐在吧檯更久一些些，然後，就可以
藉此觀察神祕的小江，欣賞小江偶爾的微笑。

漸漸的，客人也沒有更多的話題跟我聊，客人會帶著他們的朋友或客
人坐在吧檯聊天。這世界好像所有的祕密，都會在吧檯聊出來。客人
根本不在意你就站在吧檯裡面，而你也無需搭話，只要安靜的做事，
完全就像喝了隱形藥水一樣，你明明在那人身邊，但是他沒有感覺，
然後你就此知道了他所有的事，或是知道更多這個世界上你還沒參與
過的交易、情感、壓抑或是哀傷。
然後你會發現，原來每個禮拜會在中午一起來吃牛排氣質出眾的老夫

妻，其實並不是一對將軍夫妻，而是一直未娶的外省大伯所買的鐘點酒家女。

而那些上了年紀的酒家女，販賣的不是姿色，而是一種傾聽，一種關心，甚或至一種讓對方像個將軍一樣的成就與氣質。

其實這個在風化區的牛排館每一桌客人都很恩愛，因為這是好不容易及好期待的一頓餐、或是好有成就感或好想發洩的一次痛飲，當然就要給對方最難忘或是說出最甜蜜、最心底甚至最豪邁像個英雄的話。

然後這些人，會有一陣子常來，就會有一陣子全然消失，當你想到這個人為什麼會消失了那麼久，只要我跟小江都一起想到了，而且我們倆都會不經意地互相提到這個客人，這個客人可能就又會出現了！

「你想她囉！你想那個女的喔！你喜歡那種型的對吧！」

小江每次都愛虧我，然後就會趁機過來偷摸我的下體，看我是不是因為看到對方興奮了！

「不要過來，這樣子我的袖子會被水弄到，你‧不‧要‧弄‧髒‧我！」

小江最會弄我的時機就是在我洗杯子的時候，但他一定會嚐到我的苦頭，要不就是一臉的水要不就是被我壓到吧檯的角落，但我懷疑，我的力氣根本沒那麼大，都是他在讓我。

「哇！看不出來你真的是個有力的男生喔！我一直以為你是女生耶！」

我常常被小江激到會還擊他「那個地方」，但只要我還擊，我就知道事情不妙，因為小江似乎學過武術，所有迎向他的力量，好像他都可以瞬間讓它轉換成使對方被擊倒的反作用力。

最後我發現自保都來不及了，根本不能出招，只能用自己的雙手護著
自己的下體。

我成了被他從後面勒住脖子倒在他胸膛落難的弟兄，當我舉手投降望
著吧檯的天花板，那些燈像現在「知恩寺」布幔上搖搖欲墜的太陽，
莫名的燒得人胸口好熱、雙眼暈眩，身體喘都喘不過來，只能好好地
靠著小江……

「那天晚上我就當場『休克』了！」

「什麼？」

「我天生低血壓，一下子心臟跳太快，又突然慢下來，就躺在他胸口
昏了過去，大約十幾秒後一身冷汗，那個冷汗讓我身體跟意識又醒過
來……」

「他嚇死了吧！」

「是我才嚇死了吧！他驚訝地看著我整個人從休克到醒來的過程，他
說那十幾秒的時間中，一開始以為我在裝傻，然後發現我冒冷汗之後，
才感覺不對，然後眼睛很迷濛的張開，他才知道剛剛那十幾秒可能也
會讓我喪命。那次之後，他說以後什麼都聽我的！」

後來我逼他教我許多切水果跟調飲料的技巧，我每天藉由洗杯子的時
間，用西瓜皮練我的刀功，在那些西瓜皮上面練雕花或是練習把西瓜
皮一片片切得越來越薄，看最後到底能切出幾片？

小江說這正好可以練我的呼吸，說不定我控制好呼吸，我的低血壓就
好了！

因為他師父曾跟他說，練刀就是練氣、練心，一個人的氣跟心都正了，
任何東西都可以被你的刀瞬間切入重點，順著你的呼吸切出一個世界，

順著你的呼吸切出一個出口來。
切出一個自己的出口就可以出師了！

我切西瓜皮的同時，小江則心甘情願的幫我洗杯子，這樣我們倆可以提早下班，然後趁這段時間，去三重的河堤飆車，在速度中我們不說話，車子雖然載著兩個人，但卻是共同的體溫，然後躺在河堤邊，讓夏夜晚風把我們吹乾。

為了每天可以更晚回家，我開始一休假就會在家洗碗，那些小江教過洗上百個杯子的步驟，使我三兩下就讓廚房變得清潔溜溜，更不用說飯後端上切得好看的水果盤及一人一杯營養酸甜的蛋蜜汁。
我想讓爸媽他們覺得我因為在牛排館打工學到不少、也成熟不少，甚至可以跟這些有社會歷練的朋友，在外面多待一些時間，可以答應我每天再晚一點回家。

小江依舊不知道我家正確的位置，但我漸漸認識更多的他。
他的夢想是在 20 歲生日那天，賺到足夠的錢，把三顆門牙全部打掉，重新換兩顆新的假牙，因為他爸媽從小就聽廟裡的師父說，那顆多的門牙是一個保護他的靈魂，可以讓他少說話，因為話少就不會說錯話而導致殺身之禍，20 歲正好是一個人成熟的年齡，因為夠成熟，就懂得什麼時候說什麼話，到那天再把那顆牙齒拔掉，靈魂就會放心地跟著一起走。

「喔～那我知道了！」
「知道什麼？」

「所以你會做吧檯，是因爲可以聽到各種不同人的故事，就可以加速成熟對嗎？」

「笨！說這個話的人就是不成熟，不成熟的人就是只知其一，就說得天花亂墜，你想想看，我做吧檯之前，連喝咖啡的錢都沒有，更不用說可以有坐在吧檯邊的機會好不好？我怎麼會知道坐吧檯的人都會有那麼多心事可以聊跟祕密可以聽？」

我不敢跟小江說，我小時候跟爸爸去他飛官的俱樂部就有一個長吧檯，我是一個從小就坐在吧檯邊喝可樂長大的孩子，因爲這一說，就會接著暴露了我跟劉芬其他三人只打工到這個暑假結束的祕密。

「我是因爲在我們鄉下，看到鄰居辦桌，看到我師父切西瓜，看到那些西瓜被他切成一艘艘船以及飛天的龍跟鳳凰，我就想跟他學！」

「那你師父呢？」

「出車禍死了。」

「啊？你的意思是……」

「我師父是因爲想到台北開店，簽大家樂欠了很多賭債，還不出來，所以被討債的追，之前討債的來店裡就說，再不還錢就把師父的手剁了，然後有一次師父開車被他們盯上，在那次追逐中，據說是師父自己撞上電線桿，然後當場死了！」

小江的師父沒有娶妻，所以屍是小江收的，小江以徒弟的身分充當孝子，替師父完成了後事。

「師父的死狀很慘，可是就是他那雙手什麼傷都沒有，跟他生前跟我講的一樣，無論如何，自己的這雙手跟手上的那把刀，不是拿來逗英

雄，而是要當『命』一樣好好保護著。」
於是我懂了小江教我洗碗的的第一個晚上，第一件事就是要我戴手套。

「後來呢？」
「人不能窮，後來我來台北擺地攤賣女裝，每天的收入都超過在吧檯的工作，但常常跑給警察追！」
「那怎麼還會再做吧檯？」
「有一次，碰到一個男的，渾身刺青帶著女友來買衣服，在殺價的時候，那個男的問我是不是以前在台南跟我師父切水果？」
「是你師父的朋友？」
「我本來以為是，沒想到居然他說他是當年那個討債的，結果我拔腿就要跑，旁邊擺攤的人以為我看到了便衣警察，也跟著一起要跑，結果大家都跑了，我被那個男的抓得緊緊的，因為他扳住我的手。」
「他不會要你還債吧！」
「沒有，他說：你知不知道你師父生前是我們心目中的大師，一個弟子都不收，就收你一個。他簽大家樂欠賭已經夠窩囊了，但他死是死在自己手裡，還算有點尊嚴，但他教了你一手技藝，你不做，在這邊擺攤、賺女人錢，那他真的是白活了，你就算再窮，也應該繼續切下去。」

我跟小江躺在河堤，我記得那晚月很圓，他高舉的雙手在月光下遮不住他臉上的表情，那個表情居然充滿幸福的笑容。

「你知道那個討債的後來要我去找他，他在萬華開了一家酒吧，他要我去他那上班，然後我才知道，他以前也想拜我師父為師，但我師父

不收，說他這雙手愛打架，而且這行業賺不了大錢，要他好好想想，沒想到他去做討債的賺得錢很快又很多，但沒想到，卻追我師父追到他死了。後來他就來台北開店，沒想到帶女友逛街碰到我擺攤！」

「那怎麼會來牛排館這邊？該不會你又發生什麼事了吧？」

「那人叫寬哥，寬哥最大的要害就是感情。他一旦對誰動情，就會愛的你死我活，店裡的生意常常因為他的感情有些糾紛，梅姊是他某個在電視台伴舞女友的好姊姊，她就跟寬哥說，讓我來這邊上班，這樣穩定些。」

原來年排館的梅姊以前是部隊藝工隊的中尉，專門主持軍隊中的康樂節目，認識一堆愛跳舞的女孩與男孩，因為她見的世面多，所以一退伍被被請來牛排館做領班。

「其實我想 20 歲回台南，把以前跟師父那家店開回來，我已經存了 50 萬了！」

「哇噻！那還差多少？」

「還要 100 萬！」

距離摩羯座的小江 20 歲生日還有四個月，而距離我要開始唸大學重考保證班只剩一個月，這 100 萬小江到底要怎麼賺啊？

「我們合夥，我們一起開，我們明天就去擺地攤賣女裝，因為你生日只剩下 120 天不到了！」

我不知道是不是月太圓跟地心引力那晚太強的原因，那晚我居然說出了這麼大的承諾，想實現小江的願望，我也不知道是不是我太想體驗

他說的生活，還是說我真的也想在 120 天後變成一個成熟的人。那個晚上我忘記了大學聯考，忘記了跟劉芬、婉婷、至中三個人要把這筆錢用來參加重考保證班的初衷……

我們一個星期後就開始在復興南路最時尚的「中興百貨公司」外面擺攤賣女裝，擺的第一天就被旁邊的攤位排擠，一方面因為我們是新來的，有種多一個人來搶地盤的威脅、二方面是覺得我們生意真的太好，因為小江很能夠讓女客人買單，小江有一個讓女客人致命的語素，更讓我覺得至今受用無窮，他總會說：
「沒有人比我更在意妳今天好不好看！」
我則跟家裡說了謊話，說晚上跟同學一起夜讀，先為進保證班的能力做先前準備，沒想到我爸居然也相信，劉芬她們完全沒發現我跟小江下班後還去擺攤，因為她跟婉婷不但越做越熟練，每天晚上累到只想趕快回家，只有至中，我不知道為何，他居然用他的方法發現了我跟小江所有的事。

「如果你真想開店，也沒有什麼不好，但不要放棄考大學，因為大學考上，還是可以一邊顧店，一邊念書，甚至可以念相關科系，搞不好會對你跟小江的事業更有幫助。至於重考班的學費，我相信你爸還是會幫你出，你可以說你想把這個暑假賺來的錢買一部摩托車，好讓你每天可以去補習班不用把時間浪費在交通上，然後你再趕快再找個理由把車賣掉，因為新車轉賣價格還是可以很高，你可以說還是想存錢，所以把車賣了，反正你讓小江載你去上課，但你自己心裡要有把握，你每件事都要做到，而且不要後悔，頭已經洗下去了，最後就一定要沖水！」

至中真的善於規畫與謀略。

20 年後，他果然是一個遊走台灣、韓國、大陸、東南亞各皮件工廠的買家，他自己開了一家皮包製造店，他的原料採買經驗完全能選擇出最合適與最廉價的皮革，並做出市面上最流行的包款，然後加以改造。而他改造的重點，都是使那個包包的功能性更強，使買包的人不但有流行感，還兼具功能性，最重要還有它便宜的價格。

他更相信，每個人只要有了一個包，就會想要有第二個包，所以他不做每個女人第一個包，因為那個包可能很貴、也一定更容易過時，他要賣「每個女人的第二個包」，因為有了第二個、就會有第三個……

我當年聽了至中的話，覺得人生只要有了「目標感」，真的有無限開發的潛力與膽量。
果然我發生了有生以來第一次的膽量，那天晚上，在中興百貨擺攤的時候，警察來了！

我那晚最後被小江罵到臭頭，因為我就是不願意跑，不願意自己跑給警察追，小江一直拉我快跑，我就是不走，然後我就被開單了！
這件事傳遍了中興百貨擺攤的社群，大家都覺得李鼎很屌，也不再排擠我們擺攤，因為李鼎可以連錢都不要，一定有李鼎厲害的膽量，要不就是：「李鼎一定是有後台的大咖」。

「這不是比罰單的錢誰出的問題，而是你在逞英雄，我如果跟你合作你都是這種個性，會出問題的，好嗎？」
小江一肚子氣。

「那現在隔壁擺攤的不就對我們倆很尊敬，你交了這次的罰單，贏得了別人的眼光，以後我們至少不會被其他擺攤的看不起，這是投資也是我們兩個的招牌！」

「什麼招牌？」

「我們倆的招牌就是有骨氣，重義氣！」

我以為這句話說出之後，小江的停頓是因為他感動了，結果不是，他接著帶我去他住的地方，那是在萬華華江橋旁邊的成排老公寓，陰暗的樓梯間裡，你可以聞到有人隨地小便留下來的騷味，牆上佈滿各式噴漆的廣告，任何一個角落都有破舊的腳踏車或是摩托車，我們順著黑暗裡面一點點光的樓梯而上，到了一間全部用木板隔間的屋子，這屋子大約隔了至少七間房間，每個房間的窗戶都看不見外面，因為窗戶都是透著屋內，以致於這屋內任何一點光線都是來自於房間內的電視或是有人賭博的小燈，那些光因為來自影像，所以閃啊閃的，像是失去節奏的聖誕燈。

「小江，轉來喔，等等要不要去唱歌？」

一個打赤膊全身刺青只穿紅色三角內褲的中年男人，從另一個房間出來，他那間裡面好像還有四五個人正在看錄影帶，濃濃的酒氣跟菸味，隨著裡面的風扇擺動，一陣陣的吹來。

「呦，新朋友，帥哥喔！小江，等等帶小帥哥過來喝喔，不喝就是不夠義氣喔！」另一個一身酒氣穿著背心的女孩，從房間出來，看到我跟小江。

我跟小江進了他房間，整齊樸素，沒有任何家電，只有一個隨身聽在床頭，好像這是一個隨時可以離去的房間。

「你要的義氣每天晚上我回來都有，你說的是哪一種？」

那天晚上我沒走，我們先去那個女孩的房間喝酒，然後跟了那些刺青的男人們去唱歌，我想讓小江看到，如果你相信我可以，我就可以。

在唱歌的地方，小江醉了，醉倒在我身上。
「小哥啊！你面子很大喔！因為小江從來不跟我們出來唱歌喝酒，他居然會因為你，跟我們出來，非常難得喔！他應該跟你學學，放開點。」

我聽了那男人的話簡直嚇了一跳，原來小江有他與人保持的距離，但這距離還是擁有別人對他的尊敬。那男人塞了計程車錢給我，說這是他一直欠小江的，現在先還一點，讓我趕快帶小江回去睡。
小江狂吐了好久，我拿著毛巾替他擦臉，擦著擦著他居然流眼淚了，他說他最後一次幫他師父擦臉也是這樣擦，臉上都是傷，我安慰他說都過去了，他一把把我抱住，兩個人躺在床上，他說這世界上為什麼對他好的人都會走，師父走了、爸媽走了，只要才剛剛開始覺得有人願意對他好，那個人就會走了？

我想轉過身來，小江死抱著不放，然後全身發抖哭了出來。

「我不走。想哭就哭，但不要哭得太大聲，不要讓隔壁聽到。」

小江把整張臉埋在我的背脊裡，大聲的哭，我幾乎感受到溫熱的眼淚及他的喘息，讓我的衣服溼透黏著我的背……
那晚上我睡得不好，唯一睡著的時候，還做了一個夢，夢到小江的門

牙整好了，兩顆漂漂亮亮的牙齒讓他像極了從漫畫出來的王子，一身白襯衫，袖子捲得漂漂亮亮，然後我們開的店有一個好長好長的吧檯，我很想看清楚招牌寫著的店名，可是我發現好像店名被隱形了，就是因為這個念頭，讓我夢醒了。

boss name ?

嶺江　　　　　売己　　　尾？
Fujie　　　　　kaTu mi

bon里飯　自己做的

#哲學之道上的再願

「20 年後小江變成什麼？」陳敬問我。

一個 19 歲跟小江的長吧檯回憶，讓太陽幾乎都要下山了！
就像時間留不住，生命裡有些人也就是留不住，但走的時候，能像一
場夕陽那麼美，或許也是一場難忘的風景。可是沒想到 19 歲那年夏天
還沒結束，我最想忘記的就是這場風景，想徹底的忘記小江。

「這是京都往山裡的車站，每次我想忘掉甚麼，就來這邊坐火車，火
車一直往山裡開，好像會帶你去一個下次絕對到不了的地方！」

我跟陳敬來到了出町柳車站。

「『下次』絕對『到不了』？為什麼？站名又不會換？」
「是因為火車會開進風景裡面，京都四季在植物上的變化是非常明顯
的，所以火車越往山裡開，周圍沿著鐵道的各種樹木會隨季節或天氣
變化，有些變化是顏色，有些可能只是因為風，而產生隨風的擺動造
成不同的光影，那些光影，就會給你不一樣的心情，好像你明明想拿
著相機想拍到上次看過的風景，但是可能因為季節變化或今天天氣或
溫度不一樣，那些大自然好像讓你到了另一個地方。」

陳敬還讓我知道，到了楓葉季節，還會加開透明的車廂，讓你可以看
見車廂頂上那些遮蔽天空的楓葉，甚至在夜晚，那些沿著鐵道的楓樹，

還特別裝上了燈光，但燈光不照著車廂跟旅客，是照著楓樹，讓楓葉的色澤變成光澤，灑在車廂及旅客的臉頰與雙眼。

「你現在想起小江，應該也跟 19 歲那時不一樣了吧！」
「我知道你不想打探我跟小江後來的事情，因爲你很會『等』，會等我想說的時候才聽，對吧？」
「還是我們現在去你上次在『哲學之道』發現那家有長吧檯的咖啡館，當你看到長吧檯，你就會說了！」
「上次？哲學之道？」
「你忘記了？上次你去八神社看到祭典之後，在一家有長吧檯的咖啡館待了一下午，然後還 po 了一張照片給我，你說都是那長吧檯的咖啡太經典了，可能會讓你以後拍照片的風格都變了！」

沒錯，那杯咖啡之後，我不知道我似乎開始喜歡拍一種「目送」，而漸漸放棄了緊抓一切的「特寫」。我在第一次離開京都的飛機上，還寫了那篇日記。

「那家咖啡館到底叫什麼名字？」
「『再願』。好美的名字，對吧！這兩個字日文的意思跟中文一樣嗎？是那種想再擁有一次願望，或是再盼望一次的意思嗎？」
「不是，比這個還強烈！」
「啊？真的假的？」
「應該是『終生的願望』的意思，就是一輩子就只有這麼一個願望，而且那個願望是會誠心『向上天祈求』的那種願望。」
我感受到這個答案給我的強烈程度。

沒想到一模一樣的漢字，只是換了一個地方，在意義上的差別居然差在一個「永恆」，一個在永恆不同層次的認定。

就像三天前我剛來的時候，我才發現自己一直誤會了日文漢字中「一期一會」的意思，因為單就中文字面上的聯想，會是「每到一個固定的時期，我們一定要有一次聚會」的聯想，但沒想到，其實是「把每一次見面當成是最後一次一樣珍惜」！

你過往 40 幾年來對於漢字的感情，到了日本，連一樣的字都提醒你不再只從「表面」去判斷，甚至不能用你「過去的經驗」來解讀，他讓你重新認識你過往看到的一切。

來京都的美原來不是看新東西，而恰恰是那些你以為熟悉的東西，打破你的經驗，給你全新的感覺。

「所以你跟小江如果 19 歲在京都認識，應該就不是『再見一次面的願望』，而是『終生最期盼的願望』喔！」

「最好是！」

「所以你想說了嗎？想說『再願』那家咖啡館或是小江都可以，看我們是在坐火車的時候說還是另外找個地方說？」

陳敬說車站對面有一家在小巷子裡面被網路討論非常高的小店，那是一大堆舊傢俱跟舊書在一個帳篷裡的概念中建構起來的咖啡音樂酒吧，或許我們可以去那裡放鬆一下。

一杯用枸杞浸泡的甜酒，送到我的面前，它甜美又帶些嗆辣的口感，像這家所有用舊東西建構的空間，這裡沒有為逝去的時光哀傷，反而有一種重組對比的趣味。

我閉著眼睛，享受這帳篷裡的音樂，還有酒精舒緩我全身肌肉的速度，我好想知道現在腦海會浮現的第一個畫面會是誰？是哪裡？

畫面真的出現了！

一片陽光灑在一間有長吧檯的咖啡館，吧檯上有著給客人使用的時髦老花眼鏡，還有這個店主人各年齡時期的蒐藏，那個吧檯裡面的人正背對著我，穿著白襯衫與背心，但頭髮花白了，他轉過身來我才發現，這就是我昨天去的那家「再願Cafe」。

那是一個話不多卻像瞭解你所有心事的男人，他一直在聽吧檯另一個上了年紀的紳士跟他說的事，而他也會偶爾的觀察我，看我喝咖啡的樣子，或是桌上那盤咖哩飯吃完了沒。
那個反應跟我與小江一樣，我們習慣讓自己隱形在對方身邊，但是一直默默的關心他，能為他做什麼事，我們就會不經意地做，讓你覺得，這一切發生的都是正是時候。

我因為這杯酒感受到了「再願Cafe」咖啡館那杯咖啡，那應該是我至今喝過最香醇的咖啡，因為層次豐富，而且喝了會讓人想微笑，我一直相信如果苦苦的咖啡能喝到讓人想微笑，那就是一種層次。

我張開了眼睛。陳敬很仔細的看著我。
「我以為你要睡著了？」
「昨天下午，我喝了一杯會微笑的咖啡，因為真的太好喝了，讓我好想跟那個老闆說話。」

我拿出日記本裡跟「再願Cafe」交談用的紙條，紙條上有老闆娘用鉛筆寫下老闆的名字「藤江克己」，還加上了羅馬拼音，讓我可以唸出來，我這一唸出來，遠遠長吧檯內的藤江先生就跟我微笑了一下，然後老闆娘告訴我她叫「幸子」，我猜想咖哩飯一定是她做的，幸子很害羞的跟我說，那是她媽媽教她的配方，然後她讓我知道，長吧檯內她的丈夫藤江先生今年已經69歲了，這是一家從1962年開始經營的咖啡館，而那一年藤江先生才16歲。

「我喝了一杯用53年經驗煮的咖啡，他的長吧檯每天就看著窗外「哲學之道」的櫻花樹跟春夏秋冬，你說這杯咖啡怎麼不會讓人微笑？」
「而且16歲就想出那個店名，根本就是跟神明立下一輩子的心願在做的。」

我突然被陳敬這句話打醒。
如果一家店的店名是一份「初衷」，其實我從來就沒有清楚過我跟小江如果開一家咖啡水果酒吧，那個店的名字叫什麼？
甚至那個店在我的夢裡，招牌上面的店名都是隱形的。
所以會不會當年我跟小江的分開，也是他早熟的祝福？

我立刻重新翻閱我腦中19歲時小江離開我的所有記憶，我想在這一杯酒的還未醉的微醺中，找到當年其實這是一份禮物的蛛絲馬跡。

#身體摩托車

地攤擺沒多久，我就賺到可以買一台摩托車的錢了，我想趕快先買摩托車，一方面可以因為自己有交通工具，而有能在外面待更晚的理由，二來是我想能更快在年底賣掉，不然，若是越晚買車，車子又買沒多久就賣，到時一定會引起我爸的不滿或阻止。

但沒想到我爸在選擇摩托車車型這件事情上，比我還有個性。
很多飛官騎的摩托車都是「偉士牌」，我爸也是，他年輕騎著「偉士牌」追我媽，但沒想到「偉士牌」的輪子太小，有一次在轉彎時打滑，讓他的腿到現在還有一顆鋼釘藏在身體裡。
於是他建議我買一台「越野摩托車」，因為輪子夠大夠安全，然後也可以改變別人認為我是個柔弱書生的印象。

但越野摩托車是打檔車，跟一般電動車完全不一樣，我跟爸爸還在思考我該怎麼學打檔車的時候，我就問了小江的意見，沒想到這一點都難不倒小江。
我們倆為了可以一起練車而高興萬分，因為不但可以藉由練車有理由夜歸，甚至還更有理由常去住小江在萬華租的房間，我也可以藉機更探索那個完全不一樣的世界。

爸爸完全信任我交朋友的判斷，也非常喜歡我口中的小江跟他那些最動人勵志的吧檯故事，爸還說哪天應該帶小江來家裡吃飯，讓全家好好認識他，甚至小江也可以搬過來跟我們一起住。

這讓我終於敢讓小江載我回到住家樓下的停車場，牽車後的每一天晚上，我們擺完地攤，就去河堤練車。

打檔車一開始果然沒有想像中好學，因為不只要注意到雙手跟雙腳的協調性，還有自己身體對於這台車的速度感，什麼時候左手要按離合器，好讓左腳換檔，然後何時用腳「踩檔」還是腳背「勾檔」，要看全身對車速的感應，右手跟右腳控制著煞車，何時需要後輪煞車、何時需要前輪煞車，這讓我在一天的疲累之後，常有點恍神到不能判斷。

「你不能一直用腦袋在騎車！你要用身體！沒有人在一邊騎車的時候，一邊想怎麼換檔、怎麼踩煞車的道理！」
小江急了，因為我自己一人一上車，踩了一檔之後，我的腦袋讓我緊張到完全無法判斷什麼是換檔的最好時機，這讓我一直用一檔的慢速直行，我這個比車身還輕的身體，僵直吃力的控制這台車的平衡。

「換檔，可以換檔了，左手按離合器，用左腳背勾二檔！」
小江騎著他的車在我旁邊跟著我的車，朝著我大喊，因為「越野摩托車」一直在一檔，引擎發出聲音非常大，我就在這個聽不清楚指令的狀態下，突然失衡了，硬是把自己的右手當成了左手，右腳當成了左腳，明明該是換檔卻踩了煞車，又在同時不小心左手轉了加速，當場整個車摔成了倒栽蔥，把我整個人彈了出去……

小江立刻過來扶我，我的車子倒在一旁，催油的手把卡在地上又把車猛催了一次油，車子引擎發出好大一聲吼叫，然後彈啊彈的就像經歷一個自體小爆炸，排氣管爆出了一個像屁一樣的聲音，然後吐了一口

長氣，就熄火了！

「好險，我的手沒事！」
我看著小江，小江發現我兩個手臂因為滑出柏油路面，擦傷流血，膝蓋也破了，馬上把我抱起來，坐在一旁。他什麼話都沒說，表情很鎮定，但眼神很慌亂，我看他有秩序的把我的車扶起來放好，並把自己的上衣脫掉，然後脫去自己的白內衣為我止血，接著載我去醫院急診室打破傷風⋯⋯

接下來的一個禮拜我都住他家，因為我們不敢讓我爸知道我受傷，而且傷口包紮也不能洗澡，我住在小江家，他每天幫我擦澡。

「前面我可以自己來，你不要亂碰！」
「這是轉移你注意力，怕你動不動就喊傷口痛。」

小江很頑皮，每天擦澡的時候都想玩一些摸來摸去的無聊遊戲。
傷口好了後，小江覺得沒教會我騎車會非常丟臉，再重新回到河堤的那個深夜，我們倆總算抓出如何掌握這台車的訣竅了。
就是小江跟我一起坐在這台車上，我先坐在他後面，他要我抱著他，然後感受他什麼時候換檔，然後什麼時候自然會想加速。

其實一檔根本沒有我想像的難，因為當車子動起來之後，小江一個呼吸跟閉氣，就把車子換到了二檔跟三檔，我因為抱著他，很自然的感染了那個呼吸跟閉氣。然後在我們骨盆下方的引擎，自然而然地有一種平衡的震盪。

接著我們倆交換位置，換成他抱我，他會感應我是不是真的也跟車子有一樣的呼吸，我真的因此很快掌握了順滑的速度感。

「接下來要會的就是加速了，路上最怕不會面對路況換速的車，你現在就是這款的，知道嗎？」
要能夠在一二三四檔之間來回自如的加速、平穩、快速再加速、快速後再平穩，成了我們那晚一直練習的重點。

「靠上來，靠緊點！」小江在一陣平穩速度中，突然拉緊我的手，然後瞬間加速，我整個人幾乎是貼在他的身上，他讓這台「越野摩托車」此刻有了它真正該有的樣子，速度在急駛時排氣管發出雄壯的嘶吼，引擎瞬間加速時的震盪，還有小江的背明顯有一股強大的力量往胸前擴張，我的胸貼著他收縮時的背，他的胸膛更隨著他的呼吸擴張到你想像不到的壯大，而我的胸膛也居然跟著壯大了，引擎跟車速在瞬間跟著再度爆發出你一直不知道的力量……

車子駛出了河堤，離開了萬華，騎進了夜裡車少的台北市、繞回了我們白天工作的牛排館、穿越了已經無人的中興百貨……
我們倆好像想對周遭的一切證明，從今以後我們能騎多遠就可以有多遠……
雖然，我們誰都沒有說出這句話。

「明天換你，換你載我，敢不敢？」
「不要了！我不要學了！」
「為什麼？怕我抱你啊？」

「誰跟你說這個，反正不要學了！我也不想騎了！」

因爲我發現，如果我們倆越來越愛上這台車，過幾個月我就賣不掉它，沒辦法作爲我們開店的基金，不能在小江生日那天，實現他的夢。
一個人的祕密太多會讓人覺得陰陽怪氣，小江本以爲我只是開玩笑不想學騎車，沒想到我眞的要放棄了，他非常想知道答案。

「是不是我做錯了什麼啊？」
小江那個表面上逗弄我嬉皮笑臉想知道答案的表情跟小動作，現在我想起來，應該是他的僞裝吧，我想他一定在想我是不是哪裡討厭他，或是想離開他這個朋友，因爲他一直有一種一旦很要好就會分開的不安全感。

「明天去我家，到我家吃飯，我爸媽都想認識你！」我爲了要給小江安全感，終於提出了我爸一直建議的邀約，我想讓小江知道我有多欣賞他，而且我們全家都期待這個朋友。
但沒想到，那頓豐盛的晚餐，卻讓小江變成了一個更多祕密的人。

「你爲什麼要騙人？」小江在隔天上班的時候問我。
「我沒有要騙你，因爲是劉芬不希望牛排館的人知道我們四個人太多事，因爲這樣可以……」
「可以什麼？」
「可以因爲隨時要準備大學聯考，然後離職啊！可是我沒有要騙你，所以才帶你去我家啊！」
「我不是說你騙我、不讓我知道你家在哪，是你爲什麼要騙你爸，騙

一堆我的故事？」

「我只是希望他們對你的印象更好啊！而且那不是騙，那是我心裡想的樣子。」

「我沒那麼好，而且我也不覺得我有什麼丟臉，你這樣騙你爸，只是讓我更不知道怎麼樣在他面前說話。」

「你到底想說什麼？」

「你根本不應該跟我在這邊擺地攤、切水果，而且你的夢想也不是跟我開店，而是去考大學，你不應該瞞著我說你在準備考大學，你爸爸一看就是一個非常有程度的人，而且非常愛你。」

「我爸說你可以搬進來跟我們一起住，他對你印象很好。」

「我們倆不一樣。」

「哪裡不一樣？」

「你對我們這行的瞭解根本太夢幻，而且根本不應該把這個時間不拿來準備考試。」

「我喜歡吧檯這個工作，我跟你說過，這裡可以經歷不同的人生，所以我喜歡這份工作。而且很真實。」

小江聽我說完這句話，一下子說不上話來，我想我說服他了，應該爭吵可以停止，但沒想到，他只是換了一個更冷靜卻殘酷的說詞。

「吧檯客人講的話都是假的，因為他們離開這個吧檯回到自己的生活裡，根本不會這麼做，就是因為他們現實生活做不到，所以才來這邊靠跟陌生人說說話發洩一下，你要是這樣就信以為真，以為這樣就是瞭解人生，根本太夢幻了！」

「我一點都不夢幻，你根本不知道我是怎麼想跟你賺錢把店開起來，

這一切全部都是你自卑感作祟，我們是不一樣，不一樣就不可以做朋友嗎？」

那句話說出來之後，我們的爭吵就真的停了，然後冷戰到下班，那晚我自己坐公車回家的時候，從車窗玻璃的反射，發現自己已經不像是從前的自己，好像那一刻，全世界對我來說，都陌生了！

之後，小江就沒來上班，晚上也沒去擺攤，我去萬華他房間找他，門也是鎖著，像是酒精濃度好高的調酒，一下子在喉嚨蒸發，燙得讓人說不出話來。

「你跟小江怎麼了？你們倆不是每天都好好的嗎？出什麼事可以跟梅姊講，梅姊什麼沒看過，這世界沒有任何事情是不能解決的！」

小江消失了七天，梅姊急了，把我叫到她辦公室。
「你是不會說話是嗎？七天前你們倆幹了什麼啦？說啊！」這時候小江回來了，他進來辦公室，笑咪咪的。
「梅姊，我要結婚了！」

＃面對

「小江眞的要結婚了嗎？」陳敬問我。

「不只你問我，所有人都問我，大家都不相信，但小江就是要準備回台南了！」

「立刻就走？」

「沒有。他說他會再做一天，但要我答應他一件事。」

「什麼事？」

「跟他回萬華住一晚。」

「爲什麼？」

「因爲他說他們台南有一個習俗，如果結婚第一胎想生男孩，要在結婚前一天晚上，跟一個男生一起睡，這樣就可以生男的。」

「我是台南人怎麼都不知道？」

「他連門牙都相信要 20 歲才能換，他家有什麼迷信他不會相信的？」

「然後呢？你去了嗎？」

「我去了！」

#在小江的床上

「你眞的相信我要回台南結婚?」
「我信。」
「梅姊都不信,你信?」
「你煩不煩啊?而且你不要一直抱著我,不是說只是來陪你睡生男孩嗎?我不是女生喔,你這樣抱我,小心你生出來是女生!」
我轉過身來看著小江,可是怎麼七天不見,他的神情都不一樣了。

「認識新的人就會長得不一樣,對嗎?」我問小江。
「有嗎?我有不一樣嗎?」
「就像我認識你,劉芬她們都說我們倆越來越像,可是這七天你不在,他們就說,我總算變回李鼎了!」
小江把我轉回身去,不想讓我一直看他的表情,我一轉身,他又想抱著我,又被我掙脫開,直到我們倆打鬧到床下,我躲到床底,他在旁邊一邊笑一邊喘氣。

「我好羨慕你有一個那麼好的爸爸,懂很多事情,也沒有架子。」
「那你就搬來跟我住啊!」
「我要結婚啦!」
「你不是說大家都不信?」
「而且你要考大學,你一定要考上大學,然後我回去結婚,一定也會把店開起來。」
「爲什麼我們不能一起開店。」我回到床上,我很想把至中跟我建議

212

一邊念大學一邊開店的方式告訴小江。

「不行，因為回去我就要開店了，結婚就是為了要開店。」

「對方很有錢？」

「對方喜歡我很久了，我被她感動了！你懂什麼叫被感動嗎？喜歡很久不給人回應，很殘忍的！」

「你‧的‧手‧不‧要‧再‧趁‧機‧過‧來！」

我坐起來了！瞪著小江。

「如果真的要生男的，應該我抱你，讓男的抱你。」

「好啊！這個建議很好！」

「好個屁啦！」

那天晚上，我還是抱了小江，我從他的呼吸懷疑他流淚了，但我不敢確認，我好像隨便說了一句：

「你在幹什麼我都知道喔！」

他的呼吸又慢慢恢復平順了。一早四、五點鐘醒來，他不見了，留了一張紙條給我，說床舖底下，有一個盒子，要我打開來看，結果裡面是一堆錢。

「這是我們擺地攤一起賺的，賺錢不容易，好好把你自己賺的那一份收好。　小江」

我永遠記得萬華那個公寓樓梯間在太陽剛出來的時候，那個正在蒸發的尿騷味，我實在受不了那個味道，就在那吐了！一邊吐一邊流眼淚，我搞不清楚我的眼淚是因為我太難過，還是那筆錢讓我全身已經失去了所有的平衡。

＃我的出口

「如果小江知道我那天吐了，他一定會說我懷了他的孩子！」
我試著說一些笑話讓面前聽這故事的陳敬放輕鬆些，但我想他跟我都知道，其實 19 歲那年的夏天根本沒有祕密，只是那年故事裡面的人只有 19 歲，我們用 19 歲所知道的一切，爲彼此用盡全力了。

「再也沒有碰面？」
「沒有。」
「那筆錢有用來重考？」
「我想當他的結婚禮物再送給他，可是我連喜帖都沒有收到。後來，那些錢後來專門拿來修車。」

我那時候想，小江是這世界上真正有隱形藥水的人，因爲就這樣消失了。
那我呢？

我要他教過我的刀法，切出一個自己的出口，不再有他的出口，因為這樣我就出師了。

「你會不會覺得，說不定你們已經重逢過，但他在你面前，你已經認不出他來？」

40 歲以前，你覺得再也不想理的人，生命有的是時間與空間，讓你跟這個人徹底分離。

40 歲以後，你會發現生命自然會製造一些久別重逢。

45 歲開始，面對許久未見的人，已經不再是分離跟重逢的課題，而是在想，那個人現在是否開心的活著。

「那你明天要幹嘛？」

「聽你的，我明天去坐火車。」

陳敬問我，我回答的那刻，我居然有種把他看成了小江的錯覺，這樣也好，至少，在我心中，我跟小江最後一句話，是讓他知道，我願意聽他的，相信他的安排。

#往山裡的電車

火車一直往山上開，坐到只剩下我一人。
我猜，應該就是坐錯車了！

其實我早有預感，這幾天一定會在京都狠狠的迷路一次，我也很想看
看自己在真的迷路之後，是不是會走出一條我自己想也想不到的境遇，
那會是一個什麼樣失控的心境？

會不會那時我透過相機在看到的，就是我在谷底時最渴望的？

我想知道那個答案，更想知道那個隱藏很久的自己。

＃手掌心

抵達終站，沒有看見半個人，只有巨大的溪水聲。

其實我應該坐到鞍馬站，但我來到了八瀨比叡山口站，但車站內一個人都沒有，沒有遊客、沒有站務人員、沒有要搭車的京都人……開往山裡的空中電纜也關著，但明明是週六。

我往溪水聲走去，只看到一名長輩正在寫生，可是我看向他畫畫的方向，那裡什麼都沒有？
「什麼都沒有」就是我今天要冒險的地方嗎？
我是要搭下一班火車離開？還是留下來？

走到公路上，一分鐘內往來的車輛都是高級私家轎車，沒有半輛計程車，每一輛都速度都很快，表示這裡不會是讓京都人靠站的社區或是景點。

「太不像一個火車的終站了！」
我心裡這麼滴咕，或許我該回到剛剛老先生寫生的溪水區，任一條可以往山裡走去的地方，但這些往山裡開的高級轎車又讓我打消了念頭。

「再走 10 分鐘吧！如果這 10 分鐘內什麼都沒有，就回頭！」
我還是相信終點站一定有終點站周邊的文化與故事，更不用說這裡是靠著溪水。
我橫跨到公路對面，或許那些房舍的後面有我可以尋寶的巷弄，7 分鐘後，一個小路吸引了我，路口寫著裡面有一座「蓮華寺」。

「這是民宅的門口，還是寺的入口？」

走了這麼深的路，看到這麼小的門，而且這門後還有更深的路，通到一座小屋，小屋的門是開著。

「屋門是開著，太好了，只要是開著門，就表示有人。」

風很大，地上有雲飄動的影子，讓這條通往屋內的石頭路走起來，有一種穿越時空的錯覺。

結果屋內一個人都沒有，這木屋還有一種難以言喻的冰涼溫度，讓你連呼吸都可以聞到石頭跟木頭散發的冰冷。

遠處突然傳出火車在鐵軌上經過的聲響，轉頭望向來時路的瞬間，屋內傳來一個老婆婆的聲音。

「一個人嗎？先脫鞋，然後這裡買門票。」

老婆婆彎著背，每一句話都配合著肢體動作，活像是一個兒童劇中嚴屬又慈祥的婆婆，你必須照著她的指令做，這樣你就會看到她的皺紋變成笑臉，然後帶你進入一個你完全沒見過的奇幻世界。

「這是門票，這是找你的零錢，請跟我來……」

背著相機跟著婆婆穿越門簾，果然進入了一個奇大無比的和室，和室沒有半扇門，全部開放著面對庭園，庭園內有一片水池、一片楓樹林、一座祠堂，庭院內滿地的青苔，還有蜿蜒的石頭路。

「這屋你可以拍照，但只能坐在屋裡往裡面跟外面拍。」婆婆的肢體好準確，她示範的每一個動作，比空服員示範緊急逃生時穿救生衣的動作還要仔細。

「不要使用腳架，千萬不可以在屋外拍這個屋內，也不可以站在走廊上拍照。」

「那我在外面可以拍外面嗎？」我似乎感染了婆婆的肢體，一邊用中文說話，一邊擺動著拍照的姿勢。

「可以，你可以在外面拍外面。」

「謝謝。」

「謝謝。」

我跟婆婆一起彎腰跟彼此深深地鞠了一次躬，然後她就很安靜地退到了很遠的一座小屋，消失了！

她怎麼這麼放心？

或許更該說，她對這個屋子有她的自信。

手中那張像水滴一樣的入場券，正面有一種很熟悉的「眷村綠」，上面有輕鬆的筆觸畫著佛祖雙腳踩著蓮花的圖案，背面寫著「蓮華寺」的由來，你還來不及細看，太陽就因為風在屋內一直變化著位置，一會兒讓樹影像爬上你的身、你的心頭，順著樹影望去樹的根，你才看見整個土地上都是青苔逆著光，一點點細微的絨毛都叫人看得一清二楚。屋內真的一個人都沒有，別說人，連擺飾都沒有，就因為什麼都沒有，好像誰的心事到這屋內連藏都沒地方藏。

你調整好了呼吸，卸下身上六公斤的攝影器材，一身的汗水跟肌肉都在這刻放鬆了。

望著院子裡的那一灘池水，風不停，綠樹、藍天跟白雲變成了一灘混在水裡的顏料，抖著舞姿，風一停，清澈如一面鏡子，讓正盤坐在屋

內的你，懸浮在虛實之間，還是幾尊在池水邊的菩薩鎮定，那掉落在菩薩身上的松枝或生出的青苔，更為祂們的不動的寧靜，增添了時間給予的生命。

細看著水珠門票上的介紹與嘗試著搜尋蓮華寺在網路上的分享，才愕然發現，正坐的這個屋子，在楓紅時期是傳說的賞楓祕境，這些乾枯的樹分別是銀杏與楓樹。

在網友的圖片分享中，呈現著一片銀杏的金黃與楓紅遮蔽的天空，那些銀杏蓋滿了每一處，太陽在秋天的蓮華寺是紅色的，因為都透著紅色的楓葉才能落下來，而我眼前的水池彷彿池心冒著火焰，因為那是藍天白雲與楓樹銀杏的倒影，被風一吹，成了閃爍著紅色、白色、金色跟藍色的焰心……

但我的鏡頭裡，滿是充滿生命力的青苔，那些失去銀杏與楓葉的樹枝，正隨著太陽的移動，那些樹影在青苔上洩露它們其實一直在動的生命力。

我又想起了那句話。

「山風吹亂了窗紙上的松痕，吹不散我心頭的人影。」

這是胡適在 1923 年 12 月「祕魔崖月色」這篇詩文中最後的兩句話，那年 4 月，32 歲的他因為在西湖養病，遇見了一個 21 歲的女孩兒曹誠英。

那四天造成了他跟徐志摩與陸小曼、林徽因一樣在文壇上轟動的愛情。

不乏人追的曹誠英並不是在那四天才認識胡適，她之前在胡適的婚禮上，就擔任了他的伴娘，因為新娘正是她的表姐江冬秀。

胡適當年是順著母親的意思，娶了裹著小腳不識字的江冬秀，江冬秀知道胡適想爲了曹誠英跟她離婚，便以殺死兩個孩子再自殺的威脅，讓胡適再也沒提離婚的事情。

曹誠英也是個許多人追求的才女，她心中的胡適到底埋藏多久才能斷了這一切，這世上的人跟胡適其實並不全知道，但曹誠英 71 歲那年離開人世，而她的墳就安葬在胡適家鄉績溪縣旺川村的公路旁，那是一條只要回家必會經過的路。

如果有一天胡適回老家，就應該會看見她的墳，但她不知道，胡適早在她 11 年前，便在台灣的南港過世。

那是一個回不了老家的年代，更是一個一去就不返、音訊一下子就全無的單向時空。

我是一個每天都要去胡適晚年在南港耕耘的「中研院」跑步、運動，每天必要經過「胡適國小」再去超市買個雜貨才能回家的單身漢。這移動空間是我的日常，現在看到「蓮華寺」青苔上的樹影，讓我驚覺我的日常竟是曹誠英最渴望卻到不了的地方。

21 歲的時候在大學的禮堂中，看見美術系的學長侯俊明的一幅作品，他重新演繹了胡適的這兩句詩文，創作了一幅圖文作品：

黃昏時樹影拖的再長，也離不開樹根，
你無論走得多遠，
都離不開我的手掌心。

重考考上大學後的 21 歲起，那個不想再受約束的身體與靈魂，真的有過幾次扎扎實實，嘗試想把彼此放在手掌心，不讓誰走。但握著拳頭的人生，其實是什麼都碰觸不到的人生。直到這兩年，發現放對方一馬也給自己自由，更是人生一門重考再重考的功課。

據說掌心可以看出一個人天生的命以及後來的磨練，掌心的紋路，不只瞞不住真心與風霜，若你直接按下掌心的穴路，會直通心臟，帶動全身猛地像心動一樣彈了起來，而按下的手掌，也會下意識的反射，想握住按下的那隻手。

愛撫掌心也會一起愛撫那個人的呼吸，漸漸的兩人的呼吸會因為這個愛撫而一致，你的掌心也就跟他的呼吸，在一起了。

遠處又傳來火車經過的聲音，這屋子已經讓人不急著走，也不怕為何沒有誰進來。

#恋人不在鴨川的那一天

眼前的鴨川，
一點都不像旅遊手冊裡的鴨川，
沒有情侶、沒有野餐的人們、沒有成群的腳踏車與壯烈的楓紅或櫻花，
反而像極了童年任何一條曾去過的河邊，樸素又蒼茫，
蘆葦在風中搖曳，
甚至風中傳來街道的車聲，
都好像等著將來載你去遠方看過風景後會再載你回家。

228

好想親手碰一下鴨川的水！
這是我現在最想掌握的事。

走進水邊，
發現水中居然有石頭能讓人渡河，
我蹲在石頭上讓水從掌心流過，

如果現在沒有情人可以一起在鴨川握手散步，
至少
現在我跟鴨川的水握手了！

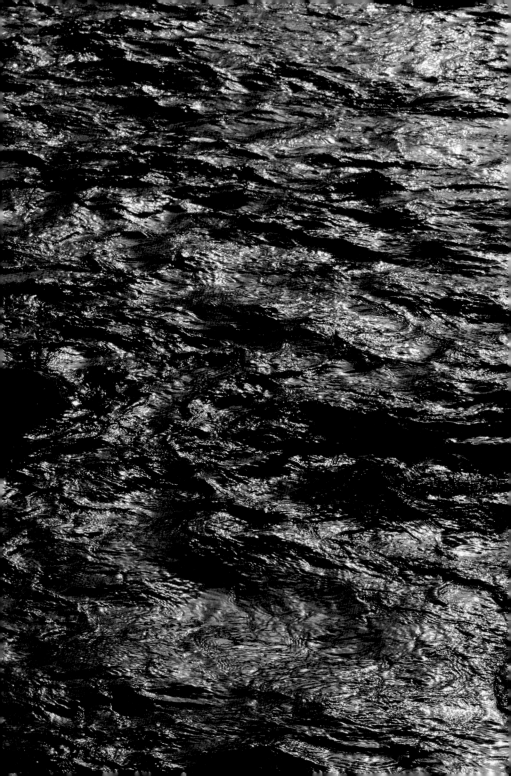

#我覺得你會懂

其實懂京都庭園之美的人
都知道京都的冬天是用來看一種「停留」
因為讓你看到的不是樹葉離開了樹枝
而是讓你看到那個地方風吹的方向

我們都以為風沒有樣子
但樹的姿態就是追著風的樣子
讓愛樹的人能在一片樹海中
一眼認出
他的樹

如果那些你發現「說走就走的風」
它的樣子都能浮現
那京都的冬天在你眼中
看到的就不再是離別
是一種停留

4000 多年歷史的「糺之森」，正留下京都這 4000 年風的樣子。

走進森林裡的「下鴨神社」，有滿足各個生肖、愛情、美貌……祈福許願的地方，但我老是被那些抽到凶籤的人吸引，我總從他們依舊懷抱著希望並祈求赦免的神情而按下快門。

其實這森林的人很多，但你只會聽見人們在石子路上行走摩擦出的聲音，人們不是不交談，而是都知道，說的、問的其實都是自己心裡的祕密，所以只給旁邊那個相約的人與老天曉得，森林裡的烏鴉是你唯一可以聽見來自天空的回應，可能是祕密跟願望真的太多，這些烏鴉忙著一個個回應的沙啞叫聲，讓我不知為何笑了出來。

「要記得去看『賀茂川』上的落日。」
「為什麼？」

我耳朵突然從風中傳來陳敬跟我說過的這句話。
一直沒跟你說，陳敬是一個一天到晚在京都為即將結婚的人拍和服婚紗的攝影師，當他說出居然會有京都不得不看的落日，讓我充滿著期待，更不用說，「賀茂川」就在這片森林外面，距離今天落日的時間，我估計只剩一個半小時。

「但你不要誤會喔，我可從來不會帶情侶去那邊的落日拍照。」
「那為什麼你非要我去？」
「因為那是一個很心裡面的落日啊！很心裡面的畫面！我覺得你會懂，所以才會叫你一定要去。」

衝著那句「我覺得你會懂」，讓我翻到森林的另一側，來到「賀茂川」旁。

走入川邊，馬上就有成群的鴨子發出叫聲逆流向上跟著我，我本來以為他們是要來跟路人覓食的，沒想到他們穿越我的鏡頭，繼續逆流向上，對岸的上游傳來成群的跑步聲，經過了遛狗的長輩與騎著單車的學生，岸上的車輛，正折射著陽光，像是對著對岸的我，發出陽光已經越來越向地下沉沒的暗號，其實就算不用暗號，身體已經被越來越低的溫度，從口中發出一波波暖暖的白煙。

我發現這是一個在地平面上，眼睛只需直視，就可以完整看到太陽沉沒的地方。

沒有過高的建築物及樹木，流水聲及後面森林鳴叫的烏鴉聲及對岸路上的車聲、跑步聲與自己呼吸的心跳聲跟這片金黃色的天空合奏出激昂的樂章。

太陽就是這場音樂會的指揮家，你看著他頭越來越低，整個天空卻揮舞著更豐富的層次，你當然知道這樂章最後是一片習慣的黑，但直至他深深一鞠躬前，你身體的呼吸、心跳居然跟著他的指揮，與周圍所有的樂手，發出屬於這一刻跌宕起伏的聲響，然後在太陽最低頭的那刻，嘎然而止，幕落全黑，觀眾的掌聲響起。

「賀茂川」全黑的速度比我想像的快，我收起相機到背包裡，才發現自己鼻子上隨著這聲響掛著兩條鼻水。

我大笑自己怎麼專注得那麼狼狽，但飢餓更快襲擊我，身體的血糖低到一個我若是再多走一步，自己就快要看不到明天馬上休克的錯覺。

「李鼎，今晚一定到京都四条巷弄的任何一家店裡犒賞你的胃。你要加油！」

我跟自己這麼說著。

但我的身體已經冷到僵硬，我調整自己的呼吸跟步伐，並不斷跟自己說：「你可以的！你是最棒的！」

走到對岸的街頭，發現一家便利商店，自動門一打開時居然發出跟台灣便利商店一樣熟悉的歡迎樂聲，從瑛離開之後，我的廚房再也沒有開過火，我成爲便利商店微波爐前的常客，這一刻我像是完全知道熱包子放在哪邊而走到店內的蒸籠前，熟練的拿了熱包子並點了一杯熱美式，坐在便利商店的座位，當那個大燒包的溫度一接近我的鼻尖，我咬下那一口熱熱的麵皮，那個熟悉來自中央廚房被規範出的香味，居然，讓我的眼淚跟鼻涕一起流了下來⋯⋯

我趕快把眼淚擦掉，但擦了眼淚又流出了鼻涕，我知道自己並沒有因爲剛剛的落日而有任何過分的多愁善感或遺憾，但我的身體就是不聽使喚的想這般反應。

過去一年半一個人在便利商店覓食的孤獨，已在我身體變成一個無需思考的反應。

最終身體要的其實並沒有我腦子貪戀得多，也沒有意志力來得強悍與壓抑，就是很簡單誠實地表現出，對這一刻被填飽的飢餓與需要最眞實的釋放，以及對這原是美好的一天充滿感激。

我想用最短的時間
　 找到生命的答案

「我想用最短的時間找到生命的答案。」

這句話不是我說的，但卻道出我這次再來京都的企圖。

我帶著這句話來到「搖搖冰女孩」指定造訪的「法然院」，雖然我知道根本見不到說這句話的當事者。

這句話的當事者是當初 18 歲的法然源空和尚說出的一句話，法然院是因為他而建，聽說這空間總讓後人能一直思索他曾說的道理或醞釀出一些離開這裡後再走下去的力量，更甚至，有人選擇長眠在旁，用法然院為伴。

作家谷崎潤一郎的墓，就依偎在法然院的坡上。

不過，當年法然源空和尚這句「尋找生命的答案」，話一說出來，卻收到其他僧侶意想不到的挑戰與排擠：

「你這麼快想得道，是不是要追求名利與榮華富貴？」

共計有六十卷的「天台三大部經」，一般的僧侶念完一卷都需要一年的時間。法然源空這麼想在三年之內的時間念完全部，遭到周圍所有跟他一起研讀佛經的僧侶誤解。

「我精進讀經的目的是為了追求解脫，免除在這世上的諸多苦惱，進而達到無憂清淨、光明自在的境界，但是讀了那麼多的經典裡面，都並沒有記載教人如何才能到達此境界的道理，你們如果知道此種道理，就請教導我吧！」

結果沒有一個人可以回答他的問題。

如果把學問智識的精進當作追求名利榮達之道，根本沒有道心，那讀得再多也是浪費時間。法然源空離開當初那個學佛的地方，從此把阿彌陀佛的心放在行走坐臥生活之中，不問時間長短，都念念不忘，念念不間斷。

他到死的時候，都堅持不讓佛法是一個過深玄妙的東西。

「法然院」位在「銀閣寺」旁「哲學之道」的路上，「搖搖冰女孩」跟我說，法然源空和尚曾有一句話，點醒大家在信仰的理論上，超越了性別與富貴貧賤，這句話是：

在阿彌佛陀心中，根本沒有男女老幼、貴賤及罪業輕重之差別，只要有願肯念佛，真心求生西方淨土，不論任何人，阿彌佛陀都會來接引。

我想起「搖搖冰女孩」回到家鄉再重拾與菩薩的緣分，是因為想尋找此生生命痛苦的解脫與幸福，而不是藉由高深的法術或學問引起別人的尊重。

至於性別，在求道的路上，已不再是重點。

她笑我來這裡是否能拍到「解脫」帶回去給她看？

但對我來說，什麼是「解脫」？

是發生在這次再來京都旅行出發時沒買回程機票的那刻？還是終於決定回家的那天？

我提醒自己別一直困在尋找過去的解答，而無法享受旅行的當下，所以藉由迷路、無所求的目的地，來製造自己面對全新的遭遇，但至今每一場全新的遭遇都是一片寧靜，寧靜一直讓我回到過去。

所以，京都給我所有當下的美，就是遭遇過去的自己嗎？

原來，我只有離開時間，卻從沒有離開誰，更沒有從過去解脫，我的旅行反而讓我與過去緊緊地糾纏在一起。

我獨自坐在院內池邊，突然看到法然院那些沒在網路上出現過的樣貌。種植百年的樹根已經耐不住土裡的空氣與養分，從山坡往下爬行還不甚甘願，於是突破泥土衝向任何有光的地方生長，而且，是一個樹根緊緊糾纏著另一個樹根。

原來這院中在網路上被拍攝最美、被標籤最多，布滿楓葉的池子，現在當冬天所有葉子離開了樹枝，每一棵像是全然裸露的樹，它們的身軀居然是一棵纏著一棵的糾纏，但那糾纏像個被點穴的妖怪，正停留在池的正中央。

而你，正像一個免於這場糾纏的幸運者，正在它的面前，以一種仔細的端詳，看這場百年斷不了的糾纏。

我被這斷不了的糾纏吸引，按下一次次的快門。

我不知道我為什麼突然這麼想拍這個糾纏，可能是它呈現了我急欲想得到我過去所有感情的答案有關。

我越拍越看見自己的害怕與一直以來的憤怒與暴力，原來這已經不只是兩棵樹的糾纏，甚至是好幾棵樹互相拉扯的緊握……

我好像按的不是相機的快門，而是槍殺誰的板機，但每一槍都沒打死對方，原來對方都像是池中的幻影，我射殺的是我心湖中的幻影，每顆子彈打的都是一種墜落湖心的沉溺。

我在外面的墓園坐著，谷崎潤一郎的墓在我身邊，我重新看著剛剛相機裡拍的每一槍，我想知道我怎麼了。

這墓園安靜得只聽得見外面「哲學之道」的溪流聲。

我突然發現我拍的照片，好像跟剛剛眼見有點不同。

那些糾纏，在這個鏡框裡，好像是一種「扭轉」。

「扭轉」使好幾棵樹變成一棵樹，不斷迎向每一個有光的地方、下一個百年，遇見下一個旅人。

包括我。

如果我一直把這個彼此造成的力量想像當成一種糾纏，我勢必活在一種糾纏當中，但如果我相信那是一場「扭轉」，那就是每一次突破最重要的關鍵。

所以，過去的這一切不是糾纏，是扭轉。

我之所以一直沒有離開過去，是我的本能在用全部的力量告訴我，其實我們正在經歷一場扭轉。

趁今天結束前，我想再見「金閣寺」一面。

金箔咖啡

「一杯『金箔咖啡』跟『咖哩飯』。」
離開「金閣寺」的公車站邊，有一個擁有長吧檯的咖啡館。

我好快就把那一盤咖哩飯吃完，那種飢餓程度讓我懷疑自己像是剛剛
逃過一場死劫，總算重生過來的喘氣。你根本不會去欣賞這盤咖哩飯
的滋味，卻給了你好有安全感的飽足。老闆是一個擁有慈祥笑容的爺
爺，他一身鮮豔，從頭上黃色、橙色加上綠色的圓帽，跟他店內每個
角落五顏六色的小汽車模型與一幅鮮紅寫著「你好！我愛你！」的畫，
給你一種不同京都人的想像。

「這杯咖啡要慢慢喝！好嗎？」
老闆笑咪咪地說完，我很不好意思為自己剛剛的狼吞虎嚥笑了。
他端上的「金箔咖啡」，是一杯用茶碗所承裝的黑咖啡灑上了金箔，
以及在咖啡旁邊很謹慎地放了一顆用白色油紙包裝的糖。

「等等你喝的時候，把糖含在嘴吧裡，不可以把糖放在咖啡裡攪拌唷，
要含在嘴吧裡，一邊含著糖，一邊喝這杯咖啡。」
打開那張包裹著糖的油紙，一塊純白的方糖在指尖發亮著，這個讓方
糖在嘴裡融化的淘氣，讓這爺爺像極了小學生，而他真的有小學生的
笑容，那份笑容感染了我，我在他眼神與微笑的表情指引下，張開了
嘴含著方糖，然後喝下撒著金箔的咖啡，方糖跟金箔一起像金色的流

沙般滑過我的喉嚨，這是我第一次感覺到自己連脖子都流過了那甜甜的滋味，然後就笑了！

忘記憂愁原來沒那麼難，原來只要相信任何東西都有它歸去的地方。
奇妙的感覺還在後面，方糖在接下幾口咖啡融化之後，居然有一顆像鑽石大小的酸味果實，浮現在你的舌中央。你咬了一下，還非常有韌勁。

「我口中的這個是酸梅嗎？」我問了爺爺。
「這是大德寺的納豆！是豆子，不是酸梅！對身體很好的納豆！長生不老！」爺爺從吧檯底下又拿出一顆他從大德寺買的納豆，自己也含在嘴裡，那酸甜的滋味讓他的嘴角馬上昂揚的笑起來，他很得意自己的這個發明。
「你從哪裡來？」爺爺問我。
「台灣！」爺爺說他好喜歡台灣，心情不好的時候，他就會去台灣。

我很難想像爺爺心情不好的時候是什麼樣子，可是不知道為何，他剛剛教我喝咖啡的樣子，那種非要我去體驗一下什麼事的表情與動作，讓我想起國中時某一個下午，跟一個超愛軍事武器的同學逛「國軍英雄館」的時候，巧遇的一個老兵。
當那個老兵看見我正在看展覽館的武器與勳章的時候，他緩緩靠近我。

「我給你看一個比勳章還棒的東西，好不好？」
那個老兵的笑容跟這個爺爺一樣慈祥，以至於我沒有任何防備心，說了一聲好，但沒想到他居然在我面前把上衣脫下來。

「看到沒？」

他讓我看他上半身全裸的刺青與傷口。

那些刺青不是龍鳳或是神鬼，而是一句句提醒自己的話語，像是思念他的哥哥、母親，想要回老家與他曾經參與過的戰役。

「你看這個刀疤？」

他甚至要我細數他身上的傷口，從背部到胸前與腹部、手臂，都有大大小小的傷疤。

「年輕人啊！你要記住一句話，真正打過仗的人，到老的時候，根本不會再在乎自己曾得過什麼勳章或獎狀，記得的，全都是這些傷，因為這些傷提醒我什麼，你知道嗎？」

「是不要再難過嗎？爺爺？」

國中生的我一說完，那個老兵爺爺就笑了！

「傻孩子！是活‧過‧來‧了！是每個傷都沒讓我死，我活過來了！」

我當時困惑在滿是勳章獎狀與武器的展覽館。

年輕的身體與心理只想追問那個老兵爺爺在「活過來」之後，是不是還會繼續追尋生命中更多更高的榮譽或是能為與誰重逢做更大的努力？

但老兵爺爺說完那句話，就把衣服穿上，走了。

當我現在喝掉流逝的甜味，嚐到酸酸納豆的「金箔咖啡」露出微笑時，我突然驚覺，當時的巧遇給我最大的提醒與禮物，其實是「活過來了」的這句話。

我也曾興起因為瑛的離去，而起了傷害自己肉身的念頭。

當我走上家裡陽台的那一刹那，我看見對面山上的天空出奇的清朗，那是安葬父親的山，我的狗一直跟著我，牠真的在我往高處踏的時候，發出奇怪的嗚嗚，然後一個不留神，我們家那隻最年幼的貓「萌萌」，突然跳上了陽台的最高處，我驚嚇牠會一不小心失足墜落到樓下的中庭，在我們大家一陣緊張、呼吸的安靜與彼此對看的眼神中，我抱住了萌萌。

萌萌發出一聲淒冽的哀叫，這一幕戲變成我勇敢把牠擁入懷中而且擁著緊抱再緊抱的力量。

我跟瑛一起收養的 Moto 狠狠地瞪著我。

我放下萌萌後，牠走過來舔著萌萌，然後一邊舔一邊看著我。

「我活過來了！」「我的念頭為什麼要這樣傷害我？」「但我，其實還想有能力保護誰？不是嗎？」

那是我第一次有打仗的感覺，
苦的是，敵人既不是我、不是瑛，也不是那個男的，
應該是：

我需要獲得一顆在當下能活下去的「心」。

「再一顆？」老闆又給了我一顆納豆。
「眞的不要急！像我這樣，慢慢咬！不要急！」

老天爺，這顆納豆眞的好酸，酸到笑出眼淚來了！

#原來這就是最後一張照片

這是在京都旅行拍下的最後一張照片。拍下的那刻我就很喜歡，喜歡的原因不是因為鴨川，不是因為這條橋，也不是因為橋上復古的路燈，而是就在這同一秒鐘，你跟那個人同時看了同樣的方向，但他在路上，你在車上，就這樣平行交會了這一瞬。

一瞬之後，各往不同的方向，我去了他離開的地方，他往我離開的方向出發，你不知他的長相，而他也不知，他那一瞬成為我這張照片中的永恆。

我當然不是為了這瞬間拍他而按下快門，但，這條橋上無時無刻都充滿著行人，居然會在這一瞬拍到了一個人一座橋一條河，像極了我的心情。

我並不是想找照片裡的人，但我知道這個一直往我離去的地方出發的人，提醒我別對離去的地方失去信心，別對未來失去盼望，以及，不要再忽略每個當下。

去信賴人生的安排，你就會看見生命瞬間的玄機。

#今天一個人

已經不知道這趟旅行有幾天了，後來離開京都到大阪的每一天下午都
會有一場大雷雨。
每天午後的大雷雨讓我更有一個充分的理由，來大阪不要去太多地方，
而是享受每天都在每一場雨跟雨之間，找到一家能賞雨的咖啡館。

我開始書寫我跟瑛的回憶，以及在這兒生活看到的一切。

在心斎橋駅這一站，我找到了長期居住的平價旅店，這附近的小巷，
充滿著美男子與性感美女的招牌，一家家在晚上熱鬧喝酒、穿著如王
子公主一般的服務員，根本還原了 19 歲那年夏天，我跟小江在中山北
路打工的生活空間。

這裡到處都充滿著各式各樣的親密關係，我細細觀察每個親密關係的
肢體互動與揣測那些親密的深度，好像越是緊握的擁抱與綿密的親吻，
關係在上計程車後的一轉身就發現只是個短暫。

咖啡館裡倒是看見許多一杯咖啡就知道永恆在關係裡的交往，那些根
本只是一坐上吧檯，什麼話也不說，就知道對方要喝什麼的默契，喝
完也沒有多餘的久留，但從簡單說再見的方式知道很快就會再回來的
熟悉，這讓你產生對這空間的任何人，都有一種可以放心交談的安全
感。

我開始在這樣的咖啡店裡認識人，更有可能是因為我知道我終究是一個會離開大阪的人，所以對於搭訕的人想交換的故事，心裡沒有多大的防備。

「一個人？」
「今天一個人。」

我就這樣認識了一對來自北京的 20 幾歲的男女，坐下來沒多久，我才知道這兩人不是情侶，是對「閨蜜」，女孩喜歡男孩，但男孩也喜歡男孩。但你一開始完全看不出來，因為男孩有一種非常英挺的陽剛氣，女孩則有一身「無印良品」的東京味。

「我們看你來這家店兩次了，而且你的英文發音很標準，不像是大陸人，本來還以為你是在國外念書的，沒想到你是台灣的！」

女孩叫蜜蜜，男孩叫森。
他們下一站是京都，我則還沒確定什麼時候回台灣。

「你有微信嗎？森說他想跟你做朋友！」蜜蜜捉狹的說。
「那是，是蜜蜜想認識你，拿我作擋箭牌，因為這個女孩兒，總是愛上 gay ！」
「所以，你是嗎？」蜜蜜很快地接森的話。
「你有點禮貌行不行？」森有一種沉穩讓蜜蜜閉了嘴巴。

我記得瑛跟我說過，其實許多話你根本不用回答，對方自然而然會把

他想要的答案說出來。

「先換微信吧！」蜜蜜很快的達到她要的目的。
我跟了兩個小我 20 歲的人交換了微信，那也是我開始用「李念」這個名字，認識新的朋友。

大雨一停，我離開了他們倆，但我們禮貌的承諾，若晚上或明天此時有空，一定再碰一次面。
果然隔天早上蜜蜜約我了。

「你昨晚跟森一起去玩了嗎？」
「沒有啊！」
「你說沒關係啊！我能接受 gay 的，你們倆昨晚『那個』了吧！」
「哈，真的沒有！」
「對不起！鼎哥哥，我問你件事！你會想跟我這種女孩兒上床嗎？」

我這一大早被這個突如其來的荒謬給弄到了，怎麼小我 20 歲的這個女孩，竟然想在我這個認識不到 24 小時的人身上，找一種存在感？

「妳是不是很喜歡森？」我問。
我發現我還是有一種本能的理智，我應該把這個被混淆的焦點先釐清。

「我從小喜歡他喜歡了十年，如果他願意跟我結婚，還是跟別的男人在一起沒關係，只要他願意跟我結婚。」
我一邊走在心齋橋附近滿是日光的巷子，進了昨天我們初次見面的咖

啡屋，準備吃今天的早餐，就在這個時候，我發現森坐在店裡面。

「你來了！」
森一口乾淨潔白整齊的牙齒，在灑進來的陽光下誠懇地笑著，我手上還握著蜜蜜等待我回應她問題又發過來的哭喪笑臉，但身體的禮貌已經不得不跟森坐在同一桌。

「你怎麼一個人？」我問森的同時，趕緊回了蜜蜜一句：「我先上個廁所。」
「就想遇見你啊！」
「啊？什麼？」

我覺得自己反而像是一個比森要小20歲的男孩，正被他的話語挑逗著。

「你要是跟森在一起，你可以跟他說，我可以幫他生一個小孩，只要他願意跟我結婚。」
蜜蜜又發了微信過來，我怕森看見我在看蜜蜜寫的微信，整個人馬上站起來往吧檯那邊走。

「跟昨天一樣？」老闆微笑禮貌地問我。
「嗯！」我喜歡這個已經有的默契。
「是蜜蜜嗎？」

我一坐回位子上，森就猜中了。
「她特沒安全感。」

「你知道她很喜歡你？」

「那是她沒有安全感。」

森跟我說蜜蜜在北京都是做酒店公關的，只是他們倆是從高中就在重慶一起長大的同學，沒想到卻有一次在陪同事喝酒的時候，跟蜜蜜重逢，然後兩個人就同在北京租一個房。

「蜜蜜是個不能沒有愛的女孩兒，咱倆最要好的時候，是因為我陪她墮過胎。」

「所以她感激你？」

「不是，她是因為喜歡我才跟那個男的睡了！」

「為什麼？」

「那個男同學想知道為什麼蜜蜜跟我那麼好，他以為我喜歡蜜蜜，蜜蜜接近他是因為想多知道點我的事，而那個男的是想從蜜蜜身上……」

「我不懂？」

「那男的喜歡我！」

「什麼？」

「但我那時候不知道我是個 gay，他在我的床上把蜜蜜給上了，因為他覺得這樣等於也是把我給上了！」

「可是你不是從來沒跟蜜蜜有過？」

「對！但是那個男的以為我很喜歡蜜蜜，所以……」

我很仔細的又把森看了一遍，他是一個很容易在一段話停頓的時候，眼神透露一種需要撫慰的深邃。但他的體格又有一種侵略性，跟他敏感的心與淘氣的玩笑不搭調。

就一個導演的職業病來說，對面正坐著一個充滿探索的故事。

「那男的現在做什麼？」我問森。

「高中畢業吻了我就消失了！我那時候才知道自己是個 gay。」

「他為什麼消失？」

「誰知道？一個人要消失就消失了！你若是能問得到他，就可以挽留，但他就是想離開你的時候，你怎麼也沒辦法。更不用說，他沒考上大學，我考上了。」

森輕描淡寫的這句話好像給了我這 20 年來所有的故事，有了一個輕鬆看待的解釋。我要的不就是這派輕鬆嗎？

關於輕鬆，森有更直接的殘酷。

森覺得自己在北京工作後，居然能跟蜜蜜重逢，那時他認為這絕對是老天安排給他贖罪的機會，但他現在只想逃離這個關係。

「她其實可以找到她愛的人，可以去經營一段感情，但她認為她已經沒有可能。」

「為什麼？」

「那是她一直認為高中這個戀愛才是真的戀愛，但我跟你說，她要的只是這個單純戀愛的感覺，現在我又出現在她的身邊了，她變得更相信這種感覺才是真的戀愛。」

「可是她的工作本來就很難遇到對的人，不是嗎？」

「你錯了！那只是一個賺錢很快的工作，如果蜜蜜真的跟一個人相愛了，她是可以為了這份愛找到一份好工作，然後跟那個人一起闖，但問題是她現在不相信感情，腦子裡只認為高中跟我這段愛才是愛。」

我想起昨天第一眼在這咖啡廳見到森跟蜜蜜的樣子，他們真的是一對看起來非常契合的情侶，就是那份契合讓我想多看兩眼，但沒想到 24

小時剛過，事情跟我眼見的完全不一樣。

「我們倆這種關係只是種互相依賴，這樣下去，咱倆誰都沒辦法去認識人。」

森一說完，我們倆陷入一種尷尬。

我不清楚自己那份尷尬從何而來，可能是我意識到吧檯的老闆也想看清楚我跟森是什麼關係，也可能來自於森並不曉得我知道他昨晚都沒跟蜜蜜在一起。

「出去走走？」

我們倆很快買了單，走在心齋橋的巷子裡，旁邊一所小學校正是下課休息時間，同學們在走廊狂聲奔跑追逐的聲音，跟旁邊正要趕著上班的人的腳步，穿過我跟剛認識滿 24 小時的森。

其實森才失戀，那是一個小他三歲、在交友網站上認識，剛大學畢業來自蘇州的男孩。

他喜歡蘇州男孩很純潔的笑與同樣敏感的思緒，還有一種完全在生活、人際關係的需要與對任何事情一切的討論，那些 24 小時內隨傳隨到的談心與協助，讓森覺得自己是有能力的。

森為了讓這份感情純粹，完全忍住自己想跟蘇州男孩上床的欲望，他想擁有一次真正的戀愛，而不是讓性去主導一切。

但分手的原因很簡單，也非常直接與傷人。

就是森知道，雖然他跟這個蘇州男孩沒上床，但蘇州男孩卻分別在這段時間，跟另外兩個韓國人跟日本人交往。森的發現並不是因為偷窺或是跟蹤，而是後來蘇州男孩親口把這兩段交往告訴他。

「他跟你說，不就是從此更把你當成最重要的人。」我說。

「不是。他是想更直接的告訴我，他跟我這兩年的認識，完全只是出自友誼，而那個友誼完全只是他覺得他講的話我都可以懂，可以理解，不是因為他愛我。」

「但他那些要你隨傳隨到是為什麼？」

「他還問我，難道當你喜歡一個人，不會喜歡他的肉體嗎，不會對他的肉體有感覺嗎？不會想跟他作愛嗎？」

「會啊！不是大家都會？」

「我也是這麼回答。接著他就非常快速地告訴我 ：『但我對你的身體完全沒感覺。』」

學校傳來一聲尖叫，原來是天空這時突然下起今天的第一場大雨，我跟森在大雨中奔跑，一邊跑一邊大笑，不過兩分鐘的時間，我們倆一身溼，好在我的旅館就在附近。

「上去？」我說。

「不好意思。」

森還在剛剛跟我說的那個回憶中。

「沒關係的！至少先換個衣服。」

雨實在大得嚇人，我們倆一進電梯，其他住戶看我跟森這一身溼，抱著同情的眼光與笑容，我們倆笑著進了房間。

「謝了！你不介意，我洗個澡？」

「當然。」

我們倆都在浴室，森進了淋浴間把衣服一件件全部脫光。

「這洗髮精味道好特別啊!」

森搓揉著我隨身攜帶跟瑛最喜歡的洗髮精,那個香味混合著森身體的體溫與熱水的蒸汽,以一種全新的味道充滿在空間中。

「你知道我昨晚去哪?」

我圍著毛巾在房間煮了一壺熱水,再看了一下蜜蜜是否有再發訊息給我,果然看見她留了一封。

「你今天還會去那家咖啡館嗎?」

我還在想怎麼回,森已經關了水龍頭,又問了我一個問題。

「你猜我昨天去哪?」

「哪?」

「我來大阪就是為了要去同志三溫暖。」

「為什麼?」

「因為我想知道,我的身體到底會吸引什麼樣的人。」

這時森站在我面前,這是一個 180 公分高的身體,胸肌布滿著濃密的體毛一直延伸到腹肌,他雙手拿著毛巾擦頭髮,完全沒遮掩自己下體。

「這褲子給你。」我遞了一條四角褲給森。

「不用,我拿浴巾圍著就好。」

「他們這兒有吹風機嗎?」

「在抽屜裡。」

森全裸在我面前晃呀晃的,他身體在這個空間的自在,讓我有種自己

闖入他房間的錯覺。

「雨停了！我下去抽根煙！」

我不知哪冒出來的理由，就想讓自己先離開這個地方，拿了手機離開
了房間。

一下樓我才發現糟了，我沒帶門卡。沒帶門卡是連電梯都沒辦法再上
樓的。

「念哥，謝謝你！」
森發微信給我。
「怎説？」
「你不抽煙的，你住的是無菸樓層，你在哪？我把房卡拿給你，我
一會兒就走。」
「沒事兒，你別多心，趕快把衣服先吹乾再說吧！」

我訊息還沒發出去，蜜蜜的訊息又發進來了。
「念哥，收到我的短信了嗎？真對不起，昨兒個夜裡給您發的那些
短信是因爲我半夜喝醉了，若您早上還去那家咖啡館，我請您吃個
早餐好嗎？蜜蜜 >_<|||」
「沒事兒，你別多心……」

輸入這幾個字的同時，讓我深怕自己把要發給森的訊息，發給了蜜蜜。
「你在這兒！」
一個手從後頭搭在我的肩膀上，是森。他穿著沒乾的衣服下來，拿著
房卡。

＃帶我去沙灘

如果是你，你還會再跟森與蜜蜜聯絡嗎？

我跟森到了酒店的頂樓，我硬是跟他說我會抽菸，他於是從他包裡掏了一根菸給我。
「把你的筆拿下來。」
「什麼筆？」
「你拿菸的樣子跟拿筆一樣，你根本不會抽菸！」
「點火點火！看我把筆燒起來給你看！」

我逗著森，他的敏感與憂鬱，比我還來得快，但要他笑，也很快。
「我知道你對我沒意思，但你真的讓人有想吐露心事的安全感。」
「不會啊，你想說昨天晚上你遇到幾個，你就說啊？我看你身材很不錯，來，讓我猜猜，昨晚少說也有十來個被你迷住了吧！」
「哈！念哥哥，沒有啦，只有兩個。」
「怎麼可能，那是因為他們瞎了吧！」
「那些房間真的很暗，都沒燈，完全都是靠觸摸的。」

天台的陽光大得讓森瞇著眼睛，他把鞋襪、上衣跟褲子脫在一邊曬乾，穿著我給他的四角內褲，
地上剛剛下過雨的那一片水澤，倒影著他吞雲吐霧的樣子。

「念哥，你背過身來，不然我的菸會燻著你。」
「這天台那麼大，怕什麼？」
「你要不把鞋襪也脫了，曬曬吧！」
我開始欣賞森的自在，我的腳丫子就這樣享受了這天台的大阪空氣。

「我發現日本人眞的很會接吻跟擁抱。」
「怎麼說？」
「很深。什麼都很深。」

森跟我說，他在黑暗中摸到一個很像那蘇州男孩的身體，豐厚的胸肌與平滑的皮膚，當他摸著那個男孩的平頭的時候，他覺得幾乎是跟蘇州男孩重逢了。但沒想到，那個男的把森的身體轉過來抱住，用他的下體緊緊地頂著森的臀。

森安撫著那個男孩的雙手，他說那是一雙厚實的手，尤其是那個厚實感，跟蘇州男孩一模一樣。

「我一直安撫著那個男的手，讓他知道我們兩個撞號了！」
「撞號？」
「就我們兩個都是攻啊！」
「那他放棄了！」
「沒有，因爲我沒放棄啊！」

我大笑。
「你怎麼弄的？」
「你想知道？」
「想。」
「不怕我騷擾你！」
「你不會！我信你！」

森看我大笑就靠到我前面來，他要我作勢像那個男的一般抱著他。

「ㄟ，你別轉身，不然你手上那根菸會飄到我這兒！」我才說完，森的動作就上來了。

「我就是這麼一轉身……」

森一轉身把菸丟了，看著我，我馬上被他轉過身去，然後他在空氣中作勢環抱著我，我雖沒在他懷裡，但森那一米八的身高，從地下的水影看來，我完全像個弟弟被哥哥抱著一樣，從水影看，我們倆是抱在一起了。

「我就轉過來抱著他，吻他的耳朵跟脖子……」

其實我心裡知道，森其實想試，他想試那男的若可以接受他的身體，他就可以彌補自己在蘇州男孩肉體上的失落。

那個男的完全沒想到森會如此需要，但暗房中居然在此刻更多雙手湧向他們正在擁吻的身體，那些陌生的觸摸，使得森跟這男孩抱得更緊。

於是男孩引領森到了一間私密的房間，當房間鎖上的時候，那些跟過來的雙手都只能在房門外等候。

「念哥，你掂起腳尖。」

「為何？」

「別怕，你信我。」

森走到我背後，把自己的腳伸到我掂起的腳掌下。

「踩上腳背來。」

「你幹嘛？」

森從後面一把抓著我，我整個人倒在他的胸口，腳掌踩在他的腳背上。

「這是在幹什麼啦！你這樣我會癢。」我一直大笑。

「別笑，你試試。」

281

於是森用他的腳背帶領著我的腳掌，慢慢的往前一步又一步，他像是被我踩著的高蹺，兩個人的平衡必須一致，才能往前，但我實在覺得太癢，我們兩個人笑到摔在地上。

「哈，不行，我真的沒辦法。」我邊笑邊喘。

「他真的讓我進去了，而且像是一個從來沒有被人進去的那種小心，我們倆呼吸一致，就像他腳掌踩著我的腳背，我們像是踩在沙灘上，每往前踩一步，他緊張的身體就會往我的胸緊靠，我們靠得越緊，每一個在沙灘上踏出的步伐就越深，沙灘深深地包住我們倆踏進的腳掌與小腿，越用力就踏得越深，踏得越深，沙灘就把我們包得越緊，沙灘包住我們的溫度跟我們身體一樣溫熱，熱到我喘氣又閉氣地帶著他抽出剛剛深入的那一隻腿，然後在一起再踏入下一隻，我們一直在沙灘上前進，而且是用兩個人力量，但是只有兩隻腿……」

「你真他 X 的是中文系畢業的！」

「哈！你有感覺了！對不對？你硬了吧！」

「我去你的！什麼沙灘還緊緊包住你們倆伸進去的腿、什麼沙灘的溫度……」

森一直笑一直笑。

「我告訴你一個更好笑的好不好？」

「好啊！你是不是要說，他在一半放屁了！」

「啊！你好噁心啊！你們台灣人怎麼都那麼噁心啊！當然不是！」

「那是什麼！」

「他問我幾歲，我跟他說我 25，他說他 52 歲了！」

「什麼？你不是說他身體摸起來跟那個小你三歲的蘇州男孩一樣嗎？」

「是一樣啊！他是眞的很光滑，又壯，但是他眞的說他 52 歲了！」

「你會很不爽嗎？」

「不會！」

「爲什麼？」

「我感覺我在上他的時候，他流淚了，他身體很需要那個感覺，只是沒有機會吧！應該是平常都要裝著很男人的樣子，但沒想到我那麼不放棄。」

「後來呢？」

「後來我又上了他幾次！」

「哇噻！你這兩年是忍多久了你？」

「也可能是因爲我不想讓他覺得我知道他年齡之後我會嫌他。」

「有留聯絡方式嗎？」

「沒有！他趁我熟睡時走了。」

「你是不是今天晚上還想再去？」

森轉過頭來看著我。

「別上癮了你。嗯？」

我跟森說完，他爽朗的笑。

「你呢，你爲什麼一個人來這兒旅行？」

#怎麼樣看你
有沒有伴

「你們倆昨晚眞的沒有在一起？」

我雖然在廁所，但實在因爲我的耳朵在這裡太容易被普通話吸引，我完全可以聽到蜜蜜趁這時候拷問森。

我跟森還是決定跟蜜蜜再一次吃早餐，因爲我覺得沒必要讓她擔心，而且我心裡也想著，跟他們兩個終究是要在旅途上說再見的朋友，沒必要玩那麼多心機。

「你眞的沒想過，其實人到老了的時候，還是要一個『伴』嗎？」

「我看起來這麼像是沒伴的人嗎？」

「你有伴就不會一個人旅行了，你有伴就會一直低頭滑手機，不會在那寫東西，咱三一起作伴，不也挺好的嗎？」

「沒伴也會一直滑手機好不好？妳不要沒事老戳人家。」

「沒事兒，蜜蜜挺好玩的！」

「就說唄！我就覺得念哥哥是個不同的人。什麼時候回台灣？要不再跟咱們去京都玩？」

是啊，到底我什麼時候才想回去呢？

「你手機在震動！」森發現我手機響。

我一看電話，是我們社區大樓的管理中心打電話來，我才要接起來，電話就斷了。

「不是『那個人』？」森問。

「『那個人』？又響了，哥哥，你快接。」

蜜蜜直直地望著手機上的銀幕，這次銀幕上出現的是「番蛙」，「番蛙」

住在我家附近，這次特別答應幫我在旅行中顧我的貓跟狗，她居然接著管理員之後播 LINE 過來，我猜一定出事了。

「喂！」
我起身走出去，番蛙的聲因非常清晰，似乎就在身邊一樣。
「昨天我來你家清理貓砂跟帶狗出去走走，結果你們鄰居居然拿了三大箱東西給我。」
「鄰居？對面的還是？」
「樓上的。」
「樓上沒住人啊？」
「對啊！我印象中也沒有人啊，但那個男的就抱了三個紙箱給我喔，箱子也打開了！」
「哪寄來的？」

番蛙把紙箱上的寄件地址告訴我之後，我一聽到那地址就知道寄件人是瑛。
「你確定！」
「箱子都被打開了嗎？」
「那個人說很抱歉，因為他沒注意收件人是誰，他以為是屋主訂的裝修材料還是什麼的，結果他打開箱子嚇一跳，發現裡面都是一些用過的塑膠袋，他還以為是屋主的仇家，而且已經有三箱了，他再把地址看了一次後，發現這應該是你們家的，一下樓正好碰到我。」
我一聽到是塑膠袋，心裡就懂了。
「你真的確定是你的嗎？三箱全‧部‧都‧是‧用‧過‧的‧塑膠袋，就是那種麵包店裝麵包的塑膠袋或是便利商店買東西剩下的那些塑膠

袋，你真的確定嗎？這根本都是垃圾啊！因為你確定我就跟管理員簽收了，管理員也跟我說不好意思，因為這三箱是過去一年多來，每三個月就寄來的，他們以為是樓上施工要用的材料……」

「妳說什麼？過去一年多寄的？」

「對啊！可是三箱裡面什麼都沒有喔，都是這些垃圾。」

「那不是垃圾。妳幫我看一下，最後一箱是什麼什麼時候寄的？」

「2015 年 10 月 14 日。」

我回到咖啡館的座位上，拿出自己的日記本，翻到第一天到京都的那篇日記，那日記上貼著一張那天晚上消費的收據。

那晚消費的收據成為我京都日記的第一個部分，收據的時間顯示著是 2015 年 10 月 14 日（水）20:24、消費的地點還有服務人員的名字。

那是瑛目前寄給我的最後一箱包裹，這三箱包裹裝的不是垃圾，而是我跟瑛的消費習慣。我們每次買完東西後，都會把包裝的塑膠袋留下來，好在每次遛狗或是清理貓砂的時候，用這些塑膠袋來裝那些狗便便與垃圾。

森跟蜜蜜看著我。

「還好嗎？」森問我。

「我想今天就回台灣。」

我看著那天日記裡的最後一行字：

有些話好像不用多說，一張消費收據的內容與日期時間，自然而然會勾出一切。

#飛回比這裡慢一小時的地方

我在食物的氣味中醒來,飛機正飛在海面落日的上空,整個機艙被金色的光照著。

森幫我在網上找到了機票,他居然還跟蜜蜜一起送我出境,走的時候他們兩都給了我很深的擁抱。

「晚上別再去了!答應我!」我抱著森,跟他說了離開大阪的最後一句話。
「到台灣別忘了跟咱們發微信喔,念哥哥,保持聯絡。」蜜蜜抱著我更緊。

飛機預計台北時間晚上七點多落地,聽說台北現在非常冷,但我只想趕快見瑛一面。

＃上傳的自拍影片

「下雪了！聽說陽明山下雪了！」飛機才剛落地，不知道誰的手機剛上了網，就有一名乘客發出驚呼。

「臉書上有人 po 陽明山下雪了！陽明山現在正在下雪！」

全機艙起了一陣騷動，每個人都把手機打開，空服員還急著規勸，但一聽到下雪的消息，發現再怎麼規勸也阻止不了大家的動作。

台北居然下雪了？

從今天早上到現在發生的一切，這到底是什麼預兆？

我手機一打開，就看到森發給我的微信。

「我答應你今天不會去！但明天，就不一定囉！」

接著是蜜蜜的。

「歡迎回到台灣，念哥，我們倆以後都給你管好不好，我們太需要你教我們怎麼去京都玩了！」

接著我的臉書跳出了一則通知，是瑛。

瑛剛剛上傳了一部影片。

我打開影片，一不小心瑛的聲音大叫了出來。

「先生，不好意思，手機現在還要關機喔！」

「對不起！對不起！」

我幾乎是用最快的速度離開機艙，再度按下瑛的臉書，那個開心尖叫的聲音再度從手機重傳出來。

「下雪了！你看，真的是雪耶！」
瑛開心的拿著手機轉了180度，片片雪花真的落在瑛燦爛與不可思議的笑容上，鼻尖還有著受凍的紅潤，那雙會笑的眼睛，像是遇見了此生總算遇見的人，溼溼紅紅的，我見過那個表情，就是在我們關上房間的窗戶，看見彼此的表情。

「我從來沒有看過雪，居然在陽明山下雪了！」
我拿著手機顫抖，不是因為冰冷，影片一直回放，你開始聽到更多影片周圍的聲音，那些在身邊一起看到雪的民眾的驚呼聲，以及身邊響起了一個男聲，叫了一聲「小心」，那是深怕瑛轉圈的時候一不小心摔跤的提醒。

換成看影片的是你，你會怎麼做？
我什麼都沒做。

一直到回家的時候，看到那三箱包裹，看到那些塑膠袋，那些甚至是我跟瑛最常去的麵包店、量販店……原來瑛一直都還去那些我們愛去的地方，只是我們沒在那個空間中重逢。如果我都在這些包裹送達的時間就收到，我是不是在當時就有復合的勇氣。

電視新聞開始轉播陽明山及台北各地正在發生的下雪實況，陽明山的車潮陷入前所未有的擁擠，山上的人潮已經多到連下山都有問題。

很多人的手機都在雪地裡失去電力，因為過冷的溫度使電池耗損更快，這群山上遇見雪的人正用最原始的方式走回他們當時下車的地點，山上的便利商店幾乎賣完所有的食品飲料，但沒有人為這個狀況抱怨。

這時我的手機響了，是蜜蜜發過來的微信，我才意識到她跟森發給我的訊息我到現在都還沒回應。

「念哥哥，你到台灣了嗎？森又不見了，你能幫我問問他在哪兒嗎？」

這是大阪時間 12:06 分，台灣時間 11:06。剛剛下飛機明明看見森跟我說：「今天不去，但明天不一定。」莫非？現在他又去了三溫暖找那個「沙灘上的身體」？

「我到台灣了！台北正下雪呢！我幫你找找森！」

「台北下雪了？真的假的！念哥回去的正是時候！你一定要幫我找到森喔！他不會也飛去台灣了吧！」

「傻丫頭，如果他真的來了，妳不就也可以立刻來看雪了！」

我趕緊給森發了訊息，但他完全沒有回應。我心裡想著是不是現在那些黑暗的房間中，正有更多的男人觸摸著森的身體，每個畫面一閃，又出現瑛在雪地裡跟別的男人緊握著雙手，在冰冷失聯的雪地中，踏出一步步鬆軟卻一步步緊緊包住雙腳的雪地⋯⋯

瑛的手機果然也失去訊號。

一個小時後森依舊也沒有回應。

我關上了電視，因為我再不關上電視，那些來自雪地的驚呼聲與開心的尖叫，幾乎會毀滅我的存在。

#最深的告別

「我在！」
森回應了。

「你跑哪去了你！你不知道我有多擔心嗎？」
我立刻撥了微信的電話給森，森的周圍很安靜，偶爾有一些車聲。

「你沒事吧！怎麼不說話？」
森抽搐的哭，哭了將近一分多鐘，一邊哭一邊說謝謝。

他在三溫暖後的十分鐘，真的碰到昨天那個男人，但那個男人卻讓另外三個不同角色的男人同時占有他的身體，他感覺自己像是被強暴了一般，他聽不懂那些偶爾在身體觸摸中發出的日語，但可以感覺到自己根本只是個被發洩的工具。

「我後來把他們打開，他們四個還抓著我不讓我反抗，我火大了，狠狠的把自己的頭撞向那個 52 歲的男人的頭，他才鬆手，然後也把其他三個男的弄走，他安撫著我一直用日語說對不起，我也不知道為什麼居然也安撫著他的頭，我好怕他的溫柔，像是以前那個蘇州的男孩來跟我求饒，希望我的原諒……」

「你原諒他了嗎？」

「那個男的後來跟了我出來，是一個老實人的樣子，我跟他說我自己走，他跟我深深一鞠躬說再見，我走很遠後回頭看他有沒有跟過來，他還是在那原地，又跟我鞠了一次躬。我知道那是日本人的禮貌，但又覺得，他很希望得到我的原諒，可是他根本不用在我身上找原諒跟救贖對嗎？因為我也是在他身體上找救贖，我們根本都是一樣的人，不管他是 52 歲，還是我是 25 歲，對嗎？」

我不知道為什麼，我腦海中一直浮現瑛離開我的時候，自己的頭在地上一直撞擊到流血的畫面，森幾個小時前的遭遇，不就是我這兩年最希望獲得救贖、懇求被赦免的罪。

「謝謝你還願意管我，念哥哥，像我這樣的人，是不是已經沒救了？」
「不會，因為現在已經是最糟的了！明天就算再糟，也會比今天好。」
「念哥哥，你去見瑛了嗎？」

其實分手後兩年，我從未對瑛做些什麼，只活在被背叛與被欺騙的恐懼中，選擇用遺忘瑛而得到救贖，而瑛選擇用這些包裹或是把店重新裝潢成像我們的家，期待有一天得到我回應的救贖。
我們都在對方的身上找救贖。
更或者說，我們嘗試把自己變成對方的神，也希望對方像心中的神一樣，讓彼此膜拜與在懷中取暖……
但那可能不是愛。

「還沒，畢竟，我不是神，需要更多一點勇氣。」

森跟我都笑了。

森一笑，就跟我說另一件事，就是他後來也跟那個男的深深鞠了一次躬，然後一邊走眼淚不停的掉下來，直到我們通了這通電話，他還跟我說，他哭不是因為為了什麼而難過，而是他好像終於讓之前那個蘇州男孩，真的離開了他的身體，做了最深的告別。

「念哥哥，你一定也可以的！」
「好！我答應你！」

我回頭看那三箱包裹，拿了其中一個我跟瑛最愛吃的麵包店的塑膠袋，帶著 Ocean 到頂樓散步，空氣中的溫度很低，但 Ocean 牠那溫熱的狗屎，隔著塑膠袋溫熱著我的手掌心，傳到我的心臟，也跟著暖了起來，牠好開心的看著我跟牠久別重逢的夜間散步，在月光下笑啊笑的……

#又看不到

我整夜睡不著。

眼睛睜開的時候想著該怎麼跟瑛說話，

眼睛一閉上，一直浮現著森跟那個52歲的日本男人互相一鞠躬的畫面。

對於日本人，家中一直有一種難以定位的情節。

因為爺爺年輕時是大陸某個火車站的站長，在執勤時因為碰上日軍轟炸火車站，他堅守崗位疏導民眾逃離時活活被日本人炸死，爸爸一家八口一夜致貧，也使得我爸爸從 8 歲就過著失去父愛的生活。

但這個「恨」卻在一台日本原裝 SONY 卡式收錄音機上有了化解。

怎麼說呢？

當大陸郵政放寬可以收受海外郵寄錄音帶的政策，爸爸就立刻買了家裡的第一台錄音機，他決定我們全家一起錄一個 60 分鐘的聲音寄回大陸老家，好讓奶奶就算現在見不到我們一面，也可以聽到媽媽及我跟弟弟的聲音。只要面對「大陸老家」四個字，爸爸就會有點嚴肅與敏感，連錄音這件事，都要求我們面對錄音機立正站好，他說這樣才能讓奶奶聽到我們的聲音是非常恭敬的。

要兩個小朋友立正站好然後面對冷冰冰的機器講非常有感情的話，我想這真的是一個很難的要求，可是我跟弟弟就做到了，因為我們看到

錄音機上寫著四個英文字母：

SONY

就開始好奇了……

「爸爸這英文字寫的是什麼牌子？」

「SONY！是現在錄音效果最好的牌子！」

「是美國的嗎？」

「不，是日本的！」

「日本？日本不是炸死爺爺的日本人嗎？爸爸，你怎麼可以買日本人的東西然後錄音送給奶奶呢？」

我想我是找死吧！

弟弟發傻的看我，我才想回頭看爸爸的表情，媽媽又把我的頭轉回去。

「沒關係，反正我們錄音奶奶也看不到 SONY 啊！我們快點錄！」媽媽趕快接話，然後按下了錄音鍵。

爸爸一看到錄音鍵按下去，像是真的看到了自己的媽媽一樣，完全忘了我剛剛的頂嘴，然後他第一句話就讓我笑了：「媽，我帶著我的老婆，還有兩個兒子李鼎、李銘來看妳了……」

「又看不到？！」我又頂了一次嘴。

錄音機仍在轉動，錄下了我們全家沉默時的呼吸。

爸爸按下了停止鍵，把錄音帶又倒回最前面，我跟弟弟神奇的看著，然後他把剛剛的聲音放出來，到了那句「又看不到」的時候，弟弟就笑了，我看見弟弟笑的時候媽媽整臉尷尬，但爸爸沒說什麼，又把錄音帶倒回去，又重新放了一遍，這回換我回頭看著爸爸的臉，我不

知道他爲什麼要這麼做，因爲他連看都不看我，很認眞的在操作那台SONY錄音機。

「媽，我帶著我的老婆，還有兩個兒子李鼎、李銘來看你了……又看不到！」
然後，爸爸又按掉，把錄音帶倒到最前面，再放一次：
「媽，我帶著我的老婆，還有兩個兒子李鼎、李銘來看你了……又看不到！」
「媽，我帶著我的老婆，還有兩個兒子李鼎、李銘來看你了……又看不到！」
「媽，我帶著我的老婆，還有兩個兒子李鼎、李銘來看你了……又看不到！」

那句「又看不到」好像變成一個咒語。
那個咒語像是我雖然看著爸爸，但他好像眞的變成了一個快要消失的人，他像是從此要困在回憶裡，我們就算面對面，可是他也看不到我，只因爲我害怕他的回憶，當他要重複做第四次的時候，我哭了！

「你們看，錄音機弄這麼多遍都沒有壞掉，這就表示日本人已經有進步了，我們就再給日本人一次機會，讓他們幫我們全家人完成第一次跟奶奶說話的心願！李鼎，你若是看不到奶奶，你就當成跟爸爸在講話，當成爸爸現在是一個已經不能再說話的人了！」
爸爸說完，我放聲大哭，弟弟拿了旁邊的衛生紙給我擦眼淚，然後抱著爸爸說：
「爸爸不會變成啞巴的，不會啦！」

我擦乾了眼淚後，抓著弟弟的手重新面對 SONY 錄音機立正站好，似乎看到奶奶及大陸所有的親人都準備聽我們一家人說祝福的話了！媽媽對著錄音機唱了一首「綠島小夜曲」，她說，這首歌唱的就是我們現在住的台灣，台灣的形狀長得像一隻船，椰子樹很多，在夜裡長長椰子樹的影子，就像我們想念大陸家人的心情，在夜裡不斷地隨著風搖啊搖……

#好遠又好近

醒來已經 10:30，可能因為睡前想著媽媽唱的綠島小夜曲，整個睡眠真實到一場夢都沒有。

更真實的事，就在我打開窗簾之後發生，好大一片的雲在對面的山上遮蔽著，但沒想到我再仔細一看，雲之後居然是昨天晚上開始降落的雪，幾秒鐘後，雲隨著風散開，雲是雲、雪是雪，我清楚看見窗外綿延的山脈，已經完全被白雪覆蓋。

原來昨晚台北的雪不是一瞬，是厚厚的一整晚。

我趕快把背包內的相機取出換上最新的電池，到陽台拍下這片景色。

我放大照片想知道大雪到底覆蓋了多少地方，一看就發現大雪下的最厚的地方，就是爸爸安葬的那片墓園。

我再度背起所有攝影裝備，衝上車，發動引擎，往那片墓園開去。

#藏不住

雪地簡直是一個瞞不住人心的地方。
你看，這一路踏過的痕跡居然有這麼深，然後，簡直是一個心好亂的
人在走，而且走到最後，你看那雙腳停住的痕跡，像是看到一片總算
讓自己停下來的風景，但這個人卻沒再往前，回頭拍下了這張照片。

這個人當然是我啦！

這張照片證明現在這片墓園，我就是一個人，也證明了這片映入眼簾
的美景，在我之前還沒人踏過。
但更證明的是，只要看到美景，我真的都會有「回頭」的習慣，看看
後面的人或是自己的愛犬有沒有跟上，總覺得人生有一個責任，就是
這片美景不該是我一個人獨享，即便生命已經走到沒有誰在我身旁，
但卻一樣感受到因為想讓你看見這一切而震動我的心跳。

這一回頭，才是我人生最美的風景。

#在我們願望終於實現的這天

小時候有一個願望
就是總有一天
在台北
我會一打開窗就看見雪

因為我爸一直說大陸老家的雪有多美
我擔心他心裡永遠有份斷不了的懸念，所以我就頂嘴，說了這個願望

我爸說：
你口氣這麼大
那下雪的那天
爸爸一定要看看你變成什麼樣的人

爸爸
今天真的下雪了
而且真的是一打開窗就看到雪

而雪
正不斷地安全降落在你安眠的這座山
我很開心
我們不只一起看見雪
也看見彼此
我沒變成一個什麼樣的人
但跟你一樣

存放著
那些
斷不了的懸念

如果那懸念
隨時光流逝
只剩一個字去解釋
應該就是

愛

國家圖書館出版品預行編目資料

```
#斷不了／李鼎 作.-- 初版.-- 臺北市：方智，2016.10
320面；14.8×20.8公分.--（方智好讀；90）
ISBN 978-986-175-439-0（平裝）

857.7                          105015086
```

www.booklife.com.tw   reader@mail.eurasian.com.tw

方智好讀 090

#斷不了

作　　者／李鼎
發 行 人／簡志忠
出 版 者／方智出版社股份有限公司
地　　址／台北市南京東路四段50號6樓之1
電　　話／（02）2579-6600‧2579-8800‧2570-3939
傳　　真／（02）2579-0338‧2577-3220‧2570-3636
總 編 輯／陳秋月
資深主編／賴良珠
專案企畫／沈蕙婷
責任編輯／巫芷紜
校　　對／巫芷紜‧賴良珠
美術編輯／金益健
行銷企畫／吳幸芳‧荊晟庭
印務統籌／劉鳳剛‧高榮祥
監　　印／高榮祥
排　　版／陳采淇
總 經 銷／叩應股份有限公司
郵撥帳號／ 18707239
法律顧問／圓神出版事業機構法律顧問　蕭雄淋律師
印　　刷／國碩印前科技股份有限公司
2016年10月　初版

定價 340 元　　ISBN 978-986-175-439-0